世迷言葉
Kotoha Yomai
落とさぬようにスマホをスキーウェアの内ポケットに入れて、
僕は中華鍋で斜面を降り始めた。
シャ——と雪山を滑り、
中華鍋から足が離れないように必死でバランスを取る。

洞窟に響く乙女たちの語らい。
それはダンジョン内とは思えない程朗らかで、
優しく、長く響いた。

アレン・ラスター
Allen Laster
「目的は君と一緒さ、風間雪音。
世迷言葉の救出。あとはそうだな……オフ会さ」
シエンナ・カトラル
Sienna Cattrall
「私は報酬に釣られて仕方なくよ。
じゃなきゃ絶対に来なかったし」
ユミナ・ラステル
Yumina Rastel
「一気に胡散臭くなりますよ、その言葉。見てください。
風間様がドン引きしてます」
風間雪音
「手伝って、くれるの？」

ダンジョンの最下層から
リスナーに騙されて
脱出RTA
することになった
2
著：恋狸
イラスト：都月梓

CONTENTS

イラスト：都月梓
デザイン：モンマ蚕＋タドコロユイ（ムシカゴグラフィクス）
編集：庄司智

1．やったね！　亀だよ！

「何だっけ。変色魔石だっけ？」

　僕の腕を何度も飲み込んでくれちゃったスノラビくん。奴《やつ》を《一魂集中》で消し飛ばした僕は、ドロップした緑色の魔石を手に取り呟《つぶや》く。

《《Ｓｉｅｎｎａ》属性魔石じゃないの……。アホでもバカでも分かるように説明すると、属性魔石……色のついた魔石はそれぞれ秘めてるエネルギーが違って、赤色だったら炎。緑色なら風ね。その大きさなら時価だけど、まあ、数千億かしら》

「分かりやすい！　シエンナさん、ありがと」

　僕はニコリと微笑《ほほえ》んで感謝を伝える。

《《Ｓｉｅｎｎａ》別に説明マウント取りたかっただけだし》

〈こいつデレてね？〉

〈アンチ発言は愛情の裏返しだった……!?〉

〈チョロくて草〉

〈説明のところどころに罵倒と皮肉が入ってるけどなｗ〉

〈説明マウント取りたかったのは多分本当だなｗ〉

《《ＡＲＡＧＡＭＩ》チッ》

〈お株奪われてキレてる世界2位〉

〈なんだこいつら、思ったより人間してるな〉

拳大ほどの魔石を《アイテムボックス》に入れながら、こんなものが数千億もするんだぁ、とどこか他人事《ひとごと》のように考えていた。

現金で手元にあるわけじゃないし、これ貴重です、高いです、って言われても実感が湧かないよね。

「純粋な魔石はエネルギーを利用して何かの開発をする、っていうのは聞いたけど属性魔石？　は何に使うんだろ。食べるの？」

〈いや、おめーじゃあるまいし……〉

〈食べるは草〉

〈《ARAGAMI》説明しようか。属性魔石の利用方法は多岐にわたるが、基本は魔石に内包されている力を利用する。つまり、熱や、風、冷気など自然現象を仮とはいえ、人為的に発生させることが可能だ。使用者が悪意に満ちているならばそれ相応の使い方をされるが、ほとんどは発電や開発に使われている〉

〈《Sienna》説明するわ。発電……風属性なら風力発電に使われるわね。ゴウンゴウンプロペラが回ってるやつよ。自然の風が無くても魔石があれば回せるのよ。後は、機械類……飛空艇のエネルギー回路にも使われているわ。魔石が大きければ大きい程エネルギー量は多いわ。その大きさなら一ヵ月は飛空艇を運航できるわね〉

「うん、シエンナさんの勝ちだね。僕に分かるように例えを交えて話してる。言葉の節々も、アラガミさんは小難しくて説明が入ってこない。その分、シエンナさんは僕が理解できる最適解を選んで話してる。説明はどれだけ難しい言葉で飾ったって、対象が理解できなきゃ意味がないんだよ」

なるほどねぇ。

世界中のエネルギー資源が枯渇してる、ってのはニュースとかで結構な頻度でやってたし、属性魔石がその代わりを担ってたのかな？　よく分かんないけど。

周りの話を聞くに普通の魔石はもっと小さいらしいし、僕の拾った魔石類が貴重ってことは分かった。

〈批評すんなw〉

〈それっぽいこと言ってるけどおめーの理解力が無いだけじゃねぇかw〉

〈《Sienna》よし〉

〈《ARAGAMI》シエンナ……。君の装備品のメンテナンスを委託してるのはどこのギルドだったか憶《おぼ》えてるかい？　確か世界2位が所属しているギルドのはずだったが？〉

〈《Sienna》脅して困るのあんたでしょう〉

〈人の配信枠でレスバすんなよw〉

〈世界2位が大人気ねぇ……〉

「アラガミさん。僕になっちゃうよ？」

〈《ARAGAMI》ごめんなさい〉

〈《Sienna》草〉

〈圧倒的説得力〉

〈自虐の使い方ってこうするんやな……〉

〈あの世界2位が謝った……⁉〉

すぐ謝られるのも癪《しゃく》だなぁ……。

ともかく、エネルギー問題とかお金的なアレは売らないうちは絵に描いた餅だしどうでもいいかな。

僕一人でエネルギー問題を解決できるなら国は苦労してないし、世界中がバタバタしてない。

……でも飛空艇一ヵ月運航って結構すごくない？

「ま、魔石が食べられないなら良《い》いや。今の僕にとっては生活を充実させてくれないものはゴミと同価値だし」

〈《ARAGAMI》属性魔石なら、魔力を込めれば……あぁ、いや、何でもない〉

〈あ、魔法使えないもんな、そういえばw〉

〈使えるやつの方が少ない定期〉

魔法とか興味ないかな。

暮らしを便利にし過ぎたら人は堕落する、的なことをどっかの偉い人が言ってたし何でもかんでも魔法任せにしていたら、いざそれを失った時に何にもできなくなるからね！

ま、僕の《一魂集中》があればどんな敵でも一発で粉砕できるから関係ないけど！

「さっさと休憩所を発見しに行こうか」

立ち止まってるのも寒い。

僕の右腕が復活するまでの時間が分からない以上、魔物とのエンカウントはできるだけ避けたい。

そんなわけで、僕は雪道を歩き始めた。

吹雪で視界は確保できないし、今自分がどこにいて、このフィールドはどれくらいの大きさなのか……とかも全て分からないから地図も作れやしない。

「視覚封じられるのは大変だなぁ。四肢くらいなら問題ないのに」

〈四　肢　く　ら　い　な　ら　問　題　な　い〉

〈何かを失うことが問題なの分かるぅ⁇〉

〈失うことに慣れると人は心の一部分を削られる〉

〈知能を悪魔に捧《ささ》げてるから問題なし〉

〈草〉

〈草〉

ええ……。

何も捧げてない素でコレなんだけど。

つまり僕は天然……ってコト⁉　……いや、流石《さすが》に違うか。天然物のアホなのは自覚してるけど、鈍感でもないし。むしろ変なことばっかに気づくから問題ある。

「さぁて、着替え一式が有能じゃなかったら確実に凍死してたね。本当に寒い」

モンスターがいつ現れるかも分からないし、油断は一切できない。

僕の《一魂集中》の残機は三。

つまり、三体以上のモンスターがやってきた場合、四肢を全て失った状態で紙防御の僕が君臨するわけだ。


終わりじゃん。


「雪っていったら洞窟だよね、やっぱり。休憩所の形的にそれが一番ありそうじゃない？　知らんけど」

〈また思考を放棄した〉

〈便利すぎる知らんけどw〉

〈説明責任と正誤責任を放棄できる最高の言葉〉

〈雪山の麓《ふもと》とかないの？〉

「視界が遮られてるから雪山がどこにあるのかも分からないんだよね。手探り状態だなぁ。影とかのシルエットなら雪が弱まった時にギリギリ見えるけど」

吹雪の勢いが一定じゃないってことは、この雪が止《や》む可能性もあるってことでしょ？　多分。ってことは、その時を狙って一気に探すのもアリだけど、その場合は低体温症で冥界にレッツゴーだから、そう簡単に選べない。

ウンウン、と唸《うな》りながら考える僕。

勿論《もちろん》、良い案などちっとも浮かぶはずがなく諦めて歩き出した。

〈マグマフィールドも結構広かったし、同じなら視界不良のこっちの方が難しいわな〉

〈どこにモンスターが潜んでるのかも分からないし〉

だよねぇ。

なんてことを話しながら歩くこと十分。


——吹雪が弱まった。


と、同時に前方に見えたのは——首の長い恐竜らしきもののシルエット。

とてつもなくデカい。狼《おおかみ》くんなんか鼻くそに見えるほどに大きかった。

僕はじんわりと冷や汗をかく。

厳しい視線を恐竜のシルエットに向けて、僕は呟いた。

「あれは何だろ……。いや、モンスターだとは思うけどさ。狼くんがカスに見える大きさだなぁ」

アリと象、なんて言葉を思い出す。

強さを軸に考えたらどこでも僕はアリだけど。

〈相変わらず呑気《のんき》だなこいつ〉

〈早く逃げろよｗ〉

〈踏み潰されてもニョキッと生き残りそうだけどな〉

〈こいつの死ぬビジョンが見えねぇｗ〉

それは素直に嬉《うれ》しいけど！

どうにもバカにされてるようにしか……いや、されてるよね。素直に褒められたことほぼ無いし。ツンデレのデレ無しがこんなにもキツイとは。

「でも、逃げるったってどこにさ。休憩所の存在も分からないまま闇雲に逃げ回っても意味なくない？」

ＩＦ《イフ》の話だけど、恐竜らしきモンスターの近くに休憩所がある可能性も無いわけじゃない。このダンジョンの性質上、ある方が確率高いし。

吹雪の中で、どこにあるか分からない休憩所を探すよりは、恐竜くんの正体を暴いて休憩所を探した方が効率がいい……気がする。

……頭良くない？　僕。

レベルアップで知能上がったまであるよ。

《《Ｓｉｅｎｎａ》それはそうだけど、アレ、倒せるわけ？》

《《ＡＲＡＧＡＭＩ》君のスキルのダメージ算出値が不明な以上何とも言えないが、あの巨体なら例の技を二、三発撃つことになるだろう。四肢を全て失った状態でフィールドを彷徨《さまよ》うのはリスキーだ》

〈おめーの場合は自己犠牲を最初から勘定に入れてるからダメなんよｗ〉

〈リスクヘッジって知ってる？〉

「ダメ出ししかしないじゃん。言ってること分かるけど」

まあ、腕くらい、って思ってる節がある。最初の頃は好きで消費してないし！　とか喚《わめ》いてたのに、失うことに慣れすぎてリスクを勘定に入れるのを忘れていた。

確かにあの巨体だと幾ら攻撃方法を持ち合わせていても不利でしかない。

……よし、逃げよう！

「じゃあね、恐竜くん。また会う日まで」

キリッと決め顔を作って踵《きびす》を返そうとした時、ふと頭上に明るい光が差して、僕の目の前に影ができた。

つまり――

――吹雪が止んだ。

〈おっと〉

〈これはこれは〉

〈《ＡＲＡＧＡＭＩ》ナイスタイミングだ〉

〈《Ｓｉｅｎｎａ》おいおい、あいつ死んだわ〉

〈上位勢やべー奴らしかいねぇｗ〉

吹雪が止んで、空を覆う雲が晴れ、隠されたシルエットが明らかになる。

恐竜くん……君の姿が今、ようやく分か――


「――亀じゃん！　首の長い亀じゃん！」


恐竜じゃなかった。

首がクソ長い真っ赤な甲羅を背負った亀だった。

〈草〉

〈草〉

〈でも、クソでかいな〉

〈恐竜かと思ってたら亀でした、ってなんなんｗ〉

僕が言いたいよ。

「男の子の夢ェ!!　恐竜かと思ったら亀でしたとか誰得なの！　ダンジョンくん、君には失望したよ」

やっぱり恐竜って特別な存在だと思うんだ。

太古の昔に存在していて、今はもう滅びたけれど、今を生きてる人たちに夢や憧憬を抱かせる動物。

今いないからこそ上がる価値ってものはある。友達と図鑑を囲んで笑い合う日々。そんな過去

が、大切な過去があるんだ。

僕は期待していた。

あのシルエットは誰がどう見ても恐竜だよ。キリンのシルエットでもない。横から見たらあの亀は、シルエットだけならブラキオサウルスだったんだ。

「騙《だま》された！　ちくしょう、ふざけるな!!」

〈勝手に期待して失望するヤツ〉

〈ダンジョンが失望してる説〉

〈バカがバカとかw〉

〈初対面が最早《もはや》悪印象しかないんよ〉

〈おめーは階層のデカい生物に喧嘩《けんか》売らないと死ぬんか？〉

僕だって、期待通りだったら何も言うことはなかったさ。でも、裏切られたら文句を言うしかないと思うんだ。

それが如何《いか》に横暴なことか理解していてもね。だって、思ったら口に出しちゃうんだもん。バカだから。

ジッと僕を見る亀くん。

つぶらな瞳が不意に瞬《またた》き、亀はガポッと口を大きく開けて、

「あ、嫌な予感」

——咆哮《ほうこう》が辺りを包んだ。

咆哮というより衝撃波のそれは、呆気《あっけ》なく僕の体を吹き飛ばし、一際標高の高い雪山の頂上に顔から突っ込む結果になった。

ひゅーん、って。

本当に風切り音って鳴るんだね。

体中痛いけど感動した。

「ですよねえええ!!」

いっっっっった!!

今までの単純な切断とか溶けるとか食われるとはまた別の痛み！

内臓がかき回されるような気持ち悪い感覚と、全身に響き渡る鈍痛の数々。

「げほっ。雪山なかったら危《あぶな》……げふっ。吐血ッ!!」

僕はこのままじゃ失神してジ・エンドだと察して、《アイテムボックス》からポーションを取り出し急いで飲む。

一先《ひとま》ず傷を治した僕は、雪を溶かす血を見て笑いながら言った。

「いやぁ、雪を彩る血のグラデーション。素晴らしいですねぇ」

〈急に何言ってんだこいつ〉

〈一々ギャグ調なのなんなん〉

〈傍《はた》から見たらグロいのに発言のせいでギャグ補正かかる〉

〈何も素晴らしくないんよｗ〉

〈治療代《¥1,000》〉

「数々の怪我《けが》を経験した僕が、今更吐血くらいで慌てるわけないでしょ……それにしてもだいぶ飛ばされたね」

確かに今までは外から見える形で怪我をしてきた。

焼かれたり溶けたり食われたり。

体の内側に響く攻撃ってのは新鮮なんだけど、目に見えて分からないから配信映えしないんだよね。

亀くん、君クビ。帰っていいよ。

心の中でリストラを言い渡して、僕は飛ばされた雪山から辺りを見渡す。アニメみたいな吹っ飛び方をしたせいか、スキーができるレベルの雪山の頂上にいる。

亀くんは遠目にこちらをジッと見つめているけど、また何かしてこないとも限らない。

「ここは雪山。急斜面。……なら、やることは一つだよね」

僕はショップから『中華鍋』を召喚する。

ふふふ、と口角を上げる。

「――ドキドキっ！　名誉挽回《めいよばんかい》、中華鍋でスキー作戦！」

〈い　つ　も　の〉

〈――見えた！　バカの糸！〉

〈中華鍋くんの名誉を貶《おと》めたのお前じゃねーかw〉

〈自作自演の結果、不名誉の称号を得た中華鍋〉

〈世迷言葉《よまいことは》の被害者〉

〈《ＡＲＡＧＡＭＩ》待ってた〉

〈《Ｓｉｅｎｎａ》折角寝ようと思ってたのに〉

〈６位は何だかんだファンなのか？ｗ〉

〈享楽主義者の宴《うたげ》〉

まあ、ドキドキシリーズは企画モノだからね。それなりに楽しんでくれると僕も嬉しい……のかな？　知らんけど。

生き残る上での策でもあるからね。それが正しいのかはやってる僕にも分からないし、結果オーライ至上主義に任せようと思うんだ。

僕は中華鍋の底にお尻を乗せて、柄を前方に向けて左手で摑《つか》む。

底がそれなりに深くて、柄があるお陰で何とか形になる。

そして、雪山の斜面に腰掛ける。

いざ、出発の時だよ。

「さあ、中華鍋くん。僕に火傷《やけど》させた中華鍋くん。今度は裏切らないでよね」

〈いや、ソリじゃねぇか〉

〈雪山降ることをスキーって言うの冒瀆《ぼうとく》だろ〉

〈二個用意してから言えよ〉

〈バチバチ根に持ってて草〉

〈自分から触りに行ったくせによく言いやがるw〉

「確かに!!　これソリじゃん!!」

僕としたことがこんな初歩的なミスをするなんて。

ちょっとリスナーの評価を見直さないとダメかな?

僕はリスナーに少しの感謝をしつつ、もう一つ中華鍋を召喚して立ち上がる。

こう……スッと、片足ずつ中華鍋に足を乗せて……。


「やるか」


〈敢《あ》えて難易度上げに行くのなんなん?〉

〈ドM精神極まりw〉

〈やる前に気づけよ定期〉

〈バカなの?w〉

落とさぬようにスマホをスキーウェアの内ポケットに入れて、僕は中華鍋で斜面を降り始めた。

シャ――――と雪山を滑り、中華鍋から足が離れないように必死でバランスを取る。

そこでふと気付く。

「……あれ、これどうやって止まるの？」

2. やったね！　バカは治らないよ！

「ふむ」

猛スピードで斜面を下りながら僕は頷《うなず》く。

レベルアップの影響か、こんな不安定な足場でスキー（仮）をしてるのになかなか転ばない。

元々バランス感覚が優れているのは自覚している。じゃなきゃリスナーの言う曲芸ができないしね。

でも、ここまでスピードがあって揺れる環境で、余裕を保っていられるのは、レベルアップによって体の最適な動かし方を本能的に理解できる……みたいな？

バカだから言語化できないけど。

〈何で神妙な顔で頷いてるわけ？ｗ〉

〈ふむ、じゃねぇよ〉

〈ピンチなの分かってる？〉

〈遂《つい》に現状の認識すらもできなくなった男〉

〈パッパラパーで草〉

さて、どう止まろうかな。

雪山だからって甘く見てると、氷とかに頭を打ち付けてジ・エンドになる。柔らかいイメージがあると思うけど雪は雪で危険なんだよね。

「無いとは思うけどクレバスとかあっても終わるし」

雪山が点在する吹雪フィールド、って思ってたけど晴れたからなぁ……。単に冬を表してるのかな？　それにしては試練が過ぎない？

「あれ。前にスノラビくんいるじゃん」

僕は雪山の麓《ふもと》に佇《たたず》むスノラビくんを見つける。

群れで行動してそうなイメージがあるのに、出会う時は一匹だなぁ。

「群れないって大事だよね。僕みたいに孤高になるのが正解だと思うんだ」

〈孤高じゃなくて孤独〉

〈四面楚歌《しめんそか》が黙れよ〉

〈お前みたいな愉快な孤高気取りがいてたまるかｗ〉

〈《ＡＲＡＧＡＭＩ》一理ある〉

〈大ギルド所属が何か言ってる〉

〈シッ！　ハブられてるの有名だろ……！〉

〈《Ｓｉｅｎｎａ》一理ある〉

〈あっ、本物のソロ……〉

〈立場によってこんなに説得力って違うんだな〉

〈《Ｓｉｅｎｎａ》首狩るぞてめぇら〉

通知は来るけどスマホをしまってるから、どんなコメントが飛び交っているかは分からない。罵倒が八割なのは何となく予想できるし、残り二割はアラガミさんとかが発言した時のツッコミかな。

野生の勘ってやつだよ。

「んー、ぶつかりそう」

スノラビくんとの距離はあっという間に縮まって、猛スピードで斜面を下る僕に対して、スノラビくんは僕に気づかずに呑気《のんき》に太陽をぬぼー、と見ている。

「いけ！　中華鍋くん！　轢《ひ》け！」

「——きゅいっ⁉」

スパコーンと小綺麗《こぎれい》な音を奏でて、スノラビくんは僕の視界から消え去った。多分倒せてないけど。

「あーあ、可哀想《かわいそう》なスノラビくん。ははっ」

〈嬉々《きき》として轢いた犯人が笑顔でなんか言ってる……〉

〈ははっ、は草〉

〈他人事《ひとごと》みたいに言うなよｗ〉

〈テンションの差と思考回路がバグってる〉

そこにいたスノラビくんが悪いのであって、僕は悪くない。ただ進行方向にスノラビくんがいて、なおかつ自分の意思で止められも曲がれもしない乗り物に僕が乗っていたのが運の尽き。恨むなら自分の運の悪さを恨みなよ。

「ふっ――――ふべっ!!」

木にぶつかった。

恨んだよ。自分の運の悪さを。

〈因　果　応　報〉

〈木に人の跡が付いてるのってギャグ補正的認識でおけ？〉

〈怪我《けが》と引き換えにギャグを得る男〉

〈配信映えし過ぎてて草〉

〈短期的なざまぁ繰り返すのやめてもらっていいですか？〉

「……痛たた……。レベル50分の防御力が少しは働いたみたいで良かったよ。見て、ほら。プランプランしてる」

僕は明らかに曲がっちゃいけない方向にひん曲がってる左手と両足を、空中でプランプランさせながらアピールした。

いやぁ、すごい。

頑張れば曲げられるのも人体の神秘だよね。

右手は……うん、クールタイム中だったね。

〈笑顔で骨折報告するな〉

〈痛みって大事なんだな〉

〈あくまで耐性なだけで痛み自体は感じてると思うぞ。ただこいつの反応が常人のそれじゃないだけでｗ〉

〈なんだ世迷《よまい》だからか〉

〈世迷を人間の一般常識で考えたらいけないよな、そうだよな〉

色んなところが大怪我状態で、変にプランプランしたせいで更に動かせるリソースが少なくなった。

ここまで激痛だと一周回って平気になるんだよね。あら、怖い。

僕は慣れた手付きで《アイテムボックス》からポーションを取り出すと、左手で瓶の蓋を開けて、指の腹で下面を押して口の中に直接放り込む。

〈何だろう。これくらいの曲芸じゃもう驚かない自分がいる〉

〈慣れて刺激を求めるとか世迷と同じになっちまうやんｗ〉

〈世迷と同じは嫌だ世迷と同じは嫌だ〉

〈俺はバカじゃない。俺はアホじゃない。俺は浅慮じゃない〉

〈遠回しというか最早《もはや》直接的に馬鹿にしてるじゃんｗｗｗ〉

〈《ユキカゼ》久しぶりに見たら怪我の仕方がすごくなってる〉

〈ユキカゼ久しぶりやんけぇ！〉

〈生きとったんかおめェ！〉

〈見届ける責任があるだろォ！〉

復活した左手でスマホを取り出すと、久しぶりにユキカゼさんがコメントしていて嬉《うれ》しくなった。

ユキカゼさんだって暇なわけじゃないだろうし、予定とか用事はない方がおかしいよ。見てくれてるのは嬉しいけど、最初から最後まで見届ける責任なんてものはないと思うんだ。

「ユキカゼさんお久しぶりです！　順調です！」

〈《ユキカゼ》順調……？〉

〈確かに世迷にしては順調やな〉

〈基準が分からんけどw〉

〈てか、右手も復活してね？〉

そのコメントで僕は右腕が生えていることに気づいた。

ようやく慣れてきたところだったけど……まあ、良《い》いか。

「クールタイムって結局どれくらいだったんだろ」

〈《ＡＲＡＧＡＭＩ》約30分だね。その破壊力を加味すれば妥当と言えば妥当か〉

〈長いのか短いのかよく分からんな〉

〈クールタイムのあるスキルが珍しいからな、そもそも〉

へぇ、そうなんだ。

なんか、強い探索者は全員一撃必殺系のスキルを持ってるイメージが強かったなぁ。ユキカゼさん以外の探索者知らないから偏見だけど。

「ま、気にせず進もうかな。怪我なんて皆するんだし、リスク抱えてこそのダンジョンでしょ？　僕の場合は生き残れなかったら利益ゼロだけど。……困ったな。リスクしかなくない？」

〈いや、それな〉

〈今気づいたのか？ｗ〉

〈下層に落ちた時点でメリットなんてないんよ〉

〈魔石だって持ち帰れなきゃ、永遠に開かれることのない《アイテムボックス》の肥やしになるだけだからなｗ〉

〈《ＡＲＡＧＡＭＩ》君が得ようとしているのはお金だけかい？　それよりも得てきた大事なものがあるんじゃないかな？〉

「アラガミさん……。そうだね、モンスターに対する無慈悲とか学ばない、学べない、そもそも学ぶ気がない……僕の元から自覚していたアホ加減が輪をかけて酷《ひど》くなったとか。……経験って大事だよね！」

〈歪《ゆが》んだ経験のせいで歪みが大きくなってる〉

〈総評が適当〉

〈いや、学べよｗ〉

〈《ＡＲＡＧＡＭＩ》確かに〉

〈納得すんのかよ〉

〈得てきた大事なモノはアホの経験値か〉

〈世も末で草〉

〈誰が世迷を変えたんだ……！〉

〈元から頭おかしい定期〉

「失敬な。自分を知ることって一番大事なんだよ？　余計なプライドで自分の限界も推し量れないで、身の丈以上のことをして……失敗する。その点、僕はどうさ。プライドはない。限界を知るどころか常に限界。身の丈に合った出来事はこんなところにない。地獄かな⁉」

うわぁ、客観的に見たら僕ってヤバいね。

発言だけ妙に知能が高くなってる気がしないでもないけど、聞きかじった言葉を合ってるか分からないまま使ってるだけだからね。成長は皆無だよ。

成長してない、って事実を声高らかに叫ぶのは何なんだろう。羞恥プレイかな。

〈結果的に自虐〉

〈論点ズレ男〉

〈地獄なんだよ〉

〈何を今更……〉

〈散々現状把握して地獄ってことは分かってるだろ〉

そうなんだけどね。

一縷《いちる》の希望とか……ないか。端《はな》から都合のいいことが起きるなんて期待してないしね。行動の結果、奇跡を掴《つか》むことはあれど、何もしないで奇跡が起きることはあり得ない……って誰かが言ってた。

……僕はいつだって、限界を知って、足掻《あが》いて足掻いて超えてきた。身を置いている環境が絶望だからかもしれないけれど、僕の身に奇跡が起こるのはいつだって限界を超えた時なんだ。

「縛りプレイ……するか？」

〈どうして〉

〈待てやめろ〉

〈どうしてそんな発想に至ったのか説明しろ〉

〈《ＡＲＡＧＡＭＩ》アリ……だな〉

〈黙れよ世界２位〉

〈これ以上縛って何すんだよ。緊縛プレイか？〉

＊＊＊

一旦落ち着いてから改めて僕はリスナーに向けて話す。あと緊縛プレイはしない。

「何で人は縛りプレイをしようとするか知ってる？」

縛りプレイ。

それは一部の特殊プレイのことではなく、発言や行動などを自分で禁止することだ。

例えばゲームだと、初期装備のみで全クリア、みたいなのだったり、回復アイテム禁止とか。

そう考えると、ある意味特殊プレイではあるよね。

〈アホだからじゃない？〉

〈ゲームと現実の縛りプレイは危険度も何もかも違うのよ〉

〈同列に語んなて〉

〈前例がいませんのでねぇ……〉

〈刺激が欲しいだけだろ〉

「まあ、簡単に言えばドMだからだよね。僕の場合は配信映えを意識した結果だけど」

僕が飽き性なのもあるけど、同じことをしてるとリスナーは飽きる。どんなに注目が集まろうと、それが面白いコンテンツじゃなきゃ人気にはならない。

注目が集まって、はい終わり。もうニュースにすら流れません、なんて一発屋に僕はなりたくない。

あれ、いつの間に僕は配信者としての心構えを身に付けたんだろう。やっぱ成長してるんだね。

〈自分のこと言ってるじゃん〉

〈命の危機と隣り合わせで自分の命よりも配信映えを意識するとか、それこそドMの鏡だろ。鑑《かがみ》じゃなくて〉

〈Q．鏡よ鏡。世界で一番バカなのは誰？　A．名前すら出したくないです〉

〈草〉

〈草〉

「言っておくけど、僕の真似《まね》したら死ぬからね？」

〈当たり前だろ〉

〈これを見て真似しよう思う奴《やつ》は世迷の資質があるんよｗ〉

〈反面教師の動画としては最適だな〉

〈※特殊な訓練を受けていませんが気合いで生き抜いてます。絶対に真似しないでください〉

〈切り抜き動画の最後のメッセージじゃねぇかｗ〉

〈例の切り抜き師が優秀すぎてｗ〉

へぇ、例の切り抜き師さん、そんなに人気だったんだ。

まあ、僕の真似をする、というかできる人はいないよね。だから注目を集めてるんだろうけど。

唯一無二のオンリーワン。それが僕なんだ。

ふっ、何だか鼻が高いね。

「で、何を縛る？」

〈いや、本当にやるのかよｗ〉

〈で、じゃねーよｗ〉

〈《ＡＲＡＧＡＭＩ》素手縛り《¥1,200,000》〉

〈金で誘惑しようとするのやめろ〉

〈ってことは中華鍋も禁止じゃね？〉

〈確かに中華鍋も武器だな……〉

〈いや、料理器具〉

「よし、アラガミさんの提案に乗った。素手縛りでいこうか。今後武器を手に入れても素手で戦うことにするよ。中華鍋も移動とかその他の目的では使うけど、直接投げたりぶっ叩《たた》いたりは禁止で」

中華鍋くんは地味に移動手段としても優秀だから、それすら使えないのは少し厳しい。

マグマフィールドでは僕を裏切ったとしても、やっぱりこのダンジョン生活において欠かせないのは中華鍋くんだ。

投げてもよし、乗ってもよし、叩いてもよし。

「料理器具……？　えっと、中華鍋くんは武器だよ？」

〈全国の中華料理店が泣くぞ〉

〈間違った使い方を正しいと妄信している男〉

〈現実から目を背けるな〉

〈何そのキョトン顔〉

〈こいつ……！　本気で言ってやがる……！〉

〈草〉

〈妄想が現実になるのはお前の頭の中だけなのよw〉

「ちょっと何言ってるか分からない」

よーし！　中華鍋の武器化の禁止ね。

……まずは、ね。飽きたら縛りプレイ。コレゼッタイ。

「さてと。ずっと留まってるとスノラビくんに襲われるかもしれないし、休憩所を探しに行こうか」

別に必ず休憩所を見つけなきゃいけない、ってわけじゃないけど、寝る場所がないからね。こんな場所で寝たら……まあ、死ぬし、スノラビくんにむしゃむしゃ食べられておしまい人生。

スノラビくんに足から食べられてみた、とか。いや、それはただグロいだけか。そこまでいったらドM超えて何らかの性癖認定されちゃう。

考えを振り払って、僕は雪の中を歩く。

晴れてくれたから視界は良好だけど、積もった雪と、その下にある氷の地面が歩きづらい。

ザクザクと雪を踏み締める。歩いた感想は、かなりフィールドが広いこと。マグマフィールドより広いんじゃないかな。歩きづらさを加味したら、暑いより厄介かも。

スノラビくんは僕の四肢を犠牲にワンパンできることが分かったけど。

「休憩所はどこかなぁ～」

〈砂漠でオアシス見つけるレベルでムズいな〉

〈例えが最適で草〉

〈《ＡＲＡＧＡＭＩ》アメリカダンジョンにも雪フィールドはあるが、休憩所は全て洞窟形式だった。が、これ程の深層となると違っていても不思議ではない。手がかりを見つけるまでは闇雲に歩くしか方法はないだろう〉

〈《ユキカゼ》情報源は言えないけど、モンスターが極端に少ない場所に休憩所がある……可能性が高い。斜面を下っている最中に……左右の方向にスノーラビットが何体かいた。前方には何もない。もしかすると、近くにある可能性もある〉

〈《Sienna》上に同意。その情報は初めて知ったけれどね〉

「おぉ、お三方ありがとうございます！　ユキカゼさん！　やっぱり困った時にはユキカゼさんだよね」

僕も初耳だけど、ユキカゼさんが言うならそうに違いない。情報源が言えないってことは、誰かからのリークなのかな？

ユキカゼさんはたまにボソッと永遠のソロプレイとか言ってたから知り合いがいないって思ってたけど……良かった。

……まあ、つまりこの情報をまとめると。

「とにかく前に全力ダッシュすれば良いってことね！」

〈《ユキカゼ》いや、ちが〉

〈どうしてそうなるw〉

〈人の話聞いてた？w〉

〈違う、そうじゃない〉

〈仕方ないね、バカだから〉

「え、でも近くにあるなら、ダッシュして虱潰《しらみつぶ》しに探すしかなくない？　近くに雪山もあるし、そこに洞窟ができてる可能性もあるじゃん？」

〈だからといって走る必要性を感じられないんだがw〉

「走る必要性？　走りたいからだけど？」

〈知らねぇよ〉

〈何その気分w〉

え、ない？　何となく走りたくなる時。

抑えられない情熱がー！　とかじゃなくて「あ、走りたい」ってなる時。ちなみに五十m七・五秒。普通だね。

そんなわけで、僕はザクザクした雪の中を走った。

当然あんまりスピードは出ないけれど、何となく気分がスッキリして晴れやかな気持ちになる。

……マグマフィールドで散々走った気がするけど、それはそれ。

僕は満面の笑みで走りながら叫んだ。

「世迷言葉《ことは》、行っきまーす！」


落ちた。


〈クレバスぅぅぅ!!!!〉

〈草〉

〈草〉

〈オチを付けるなんて芸人魂ありすぎかよ〉

〈風になったな、うん〉

〈※世迷言葉の次回作をご期待ください！〉

＊＊＊

「僕、この通り、足が複雑骨折してグニャングニャンになってるんですけど、今からでも入れる保険ってありますか？」

〈（あるわけ）ないです〉

〈落ちて一言目がコレ〉

〈情緒が終わってんな〉

散々な言われようだけど、これがそこそこ痛い。

でも、腰とか他は無事だし、両足の骨折だけで済んでるのは《落下耐性》のお陰だね。

落ちすぎていつ身についたのか分からないけど。

僕の唯一の防御が耐性系スキル。でも、そのスキルを得るためには結局痛い思いをしなきゃいけないという。本末転倒じゃない？　手段と目的が逆な気がする。

「復活」

サクッとポーションで治して、僕は辺りを見渡す。

落ちた地面はそれなりに硬くて、空間自体も広い。

「畳が一、二、三…………八畳くらい？」

〈そうやって数えるヤツあんまりいないぞ〉

〈畳一枚の面積把握してるのなんなん？〉

〈知識の偏りがすごい〉

〈クレバスの下とは思えんくらい広いな〉

最初に落ちた時はクレバスかと思ったんだけど、リスナーの言う通り、まるで人為的に作られた空間のように感じた。多分。

そして、薄暗い空間内に小さく光る魔法陣のようなものも発見できた。

「この形……見たことあるね。具体的に言えば三日前くらいに」

〈転移魔法陣じゃないですかヤダー〉

〈乗ってみ、飛ぶぞ（物理）〉

〈草〉

〈トラウマを掘り起こそうとしてるやつおるw〉

〈世迷が世迷であるための原点〉

〈《ユキカゼ》……ごめんなさい〉

〈別の人のトラウマを掘り起こしてて草〉

〈最早責めるヤツおらんのよ〉

もうユキカゼさんの件には触れない。

無闇に掘り起こしてユキカゼさんが何か言われるようなことがあったら嫌だし。

責める人は……たまーにいるけど、もう数えられるくらいに少ないね。あの時のユキカゼさんは今とキャラの乖離《かいり》が激しいけど何かあったんだろうか。

「転移魔法陣かぁ……。一先《ひとま》ず乗ってみるか。多分、これ出口でしょ？　他に何もないし、罠《わな》ってことはないと思うんだ」

僕は咎《とが》めるようなコメントを一瞥《いちべつ》した上で、魔法陣に足を踏みいれた。

歪む視界。

僕の小さい脳みそから導き出した結論。

「――さっきの空間が休憩所だね」

気づけば僕は、さっき落ちた場所の近くに立っていた。

落ちた場所には、人二人を縦に並べたくらいの穴が空いている。ちらりと穴を覗《のぞ》くと黒々とした空間が広がっていて、それなりに深いことにさしもの僕もゾッとした。

多分、《落下耐性》なかったらペチャンコだったんじゃないかな？

「うわぁ……まさしく薄氷の上に立ってるじゃん、僕。トップレベルでダンジョンの悪意を感じてるよ」

〈世迷が珍しく世迷《よま》い言《ごと》を言ってないだと……？〉

〈ヒントがそれなりに転がってたから、まあ……〉

〈お前……成長できたのか⁉〉

〈自分で気づいて行動してないからノーカン〉

〈これ、毎回落ちないと入れないんじゃね？ｗ〉

「確かに‼　一々骨折しないと入れない⁉　休憩させる気ないじゃん。文字通り骨が折れる……ってやかましいわ」

悲しく一人でノリツッコミをしながら地団駄を踏む。

休憩所って名前なのに、休憩させる前に骨折させるとか頭おかしいんじゃないの？

頭おかしいとか僕に言われたくないと思うけど、これは怒っていいレベルだと思う。

〈４９９階層に来られるようなレベルなら落ちても怪我しねーんじゃね？〉

〈それだ〉

〈真理〉

〈スキルやらレベルやらで無傷だろ、確かに〉

〈捨て身と相性悪い休憩所だなｗ〉

〈結局世迷が悪い〉

「世界は残酷だね。どうでもいいけど」

〈どうでもいいのかよｗ〉

〈悲観してんのかと思ったら平気そうだったｗ〉

〈そのメンタルはどこから来てるんだ……〉

別にメンタル強いわけじゃないけどね。

リスナーの言葉で一喜一憂したり、怒ってる時点で通常のメンタルだと思うんだ。

ただ、

「メンタル、ね。……生きてる世界に悲観したところでどうにもならないじゃん？　前にも言ったけど、嘆いたってどうにもならないし。達観とか、そんな領域にいないよ？　至ってるならこんなにアホじゃないよ。ま、今を生きる覚悟さえあれば、世の中そう捨てたもんじゃないと思うんだ」

そう言ってから僕は、垂直を意識して穴に飛び込んだ。

直立で……こう、スッと。

「じゃ、休憩してくる」

膝が逝った。

〈情緒〉

〈ちょっと良い話だな、って思ったのに……〉

〈世迷の言葉をまともに聞いたのが間違いだった〉

〈休憩とは〉

〈さらっと紛れるフルネーム〉

〈《Ｓｉｅｎｎａ》やっぱムカつくな〉

〈《ＡＲＡＧＡＭＩ》種類は違えど考え方は同じだ〉

〈だから楽しいのか、世界2位〉

〈そんな疑問氷解してほしくなかったぜベイベー……〉

サクッとポーションで復活。

アラガミさんと同種の考えかぁ……。僕はそこまで享楽主義者じゃないけどねぇ。どっちかというと俯瞰《ふかん》するより主観で体験したいし。

何事もやってみなきゃ分からないぜ、的精神で生きてるからね。

「ふわぁ、眠い。とりあえず今日は寝て、明日に探索しよっか」

安全地帯に辿《たど》り着いたからか、突如眠気が襲いかかってくる。

今日は特に色々なことがあり過ぎて疲れたかも。動き始めてからかなり時間が経《た》ってるし、時間感覚も無事に消《き》え失《う》せたことで日も明るいけど眠い。

でも、このまま眠ったら低体温症で死にそう。

休憩所でも温度は外と変わらないし。

「うーん、このまま寝たら死ぬよね？」

〈《ユキカゼ》着替え一式を、「寝袋」って念じながら買ってみて〉

「さすがユキカゼさん。僕の危惧を理解してらっしゃる」

ショップ機能を開いて、着替え一式の購入ボタンに指を置いて「寝袋、寝袋、寝袋、お袋」と念じて買ってみると、

「本当に出てきた‼」

赤色の寝袋が空中から出てきた。

これ、コスパ最高じゃん。コミックスパフォーマンス？

〈そんな神機能あったんか〉

〈だから冬服一式も出たのか〉

〈着替えって広義的認識すぎるだろｗ〉

〈寝袋も……まあ、着替え〉

〈絶対違うｗ〉

「まあ、いいや。みんなおやすみー」

僕は眠気に抗《あらが》うことなく目を閉じた。

＊＊＊

風間《かざま》雪音《ゆきね》（ユキカゼ）

「む、さすがに強い」

現在の階層は八十一階層。まさしく迷宮と表現できる入り組んだ石壁で構成された階層だ。

下層にもなると、レベルアップを怠っていた私の力では、モンスターを一撃で倒すことは不可能になってきていた。

とは言え、一撃で倒せないならば、反応される前に二撃入れれば良い話。愚鈍なモンスター相手なら敵じゃない。

「トラップに引っ掛かったのがタイムロス」

まさか上から蜘蛛《くも》の糸っぽい罠が降ってくるとは思わなかった。お陰で体中がベトベトになって気持ち悪い。

着替えて体は拭いたけれど、まだベトベトの感覚が残ってしまっている。

でも、そんなことは気にしてる場合じゃない。

「逞《たくま》しいを超えて無敵状態な気がするけど。……彼はトラップを見極められない」

……ついさっき引っ掛かった自分が言えることではないが、目に見えて分かる範囲にあるトラップなら私は絶対に引っ掛からない。

彼は今のところ、奇跡的な幸運………いや、悪運で生かされている。

けれど、いつか限界が来る。自分一人じゃどうしようもなくなる時がダンジョンにはある。

世界二位だって、単身で無双できるのにパーティを組んでダンジョンに潜っている。それだけダンジョンは悪辣で人を確実に殺し切る悪意があるのだ。

……なんてことを考えながら歩いていると、辿り着いた大部屋にズラッとモンスターの大群が待ち構えていた。

「モンスターハウス。面倒」

これは罠ではなく、自然発生するモンスターの大群。

ダンジョンの善意なのか、一体一体は然程《さほど》強くはないが、数の多さとスキルを駆使してくる攻撃がただひたすら面倒。

「ここで時間はかけたくない。――《狂風》」

私は両手に持つ短剣を十字に振った。

まるで神に祈るように。

――刹那、吹き荒れた嵐がモンスターの大群を飲み込む。

悲鳴も叫声も全てを風で掻き消して。

「行こう」

十秒後に部屋にいるのは私だけだった。

＊＊
レベル186
スキル
《風》《雪》《韋駄天《いだてん》》《状態異常耐性》《捨て身【魔】》
《罠看破》《罠解除》《罠感知》
＊＊

3．やったね！　容赦無いよ！

「おはよう。意外にグッスリ寝られたよ。ずっと固い地面で寝てたからかな。寝袋が快適すぎる」

〈微動だにしないから遂《つい》に終わったかと思ったわｗ〉

〈ここ5日で気づいたけど、お前寝相良《い》いんだな……〉

〈どうでも良すぎる件〉

〈12時間睡眠とは良いご身分だなァ……〉

そんなに寝てたんだ。

これでも幾度となくピンチを乗り越えてきたんだから、さすがの僕でも疲れはする。人間だからね。

「……そういえば何か暗くない？　ここって昼夜の概念ある層なんだ」

辺りが暗いことに気づいた僕は、落ちてきた穴から上を覗《のぞ》く。

そこには煌々《こうこう》と輝く満月があった。

「なんていうか……うーん。風情？　があるね」

〈感想出てこないなら黙ってもろて〉

〈語彙力の無さが現れたな〉

〈風情の意味も理解してないだろ、こいつｗ〉

〈月に失礼だぞ〉

「月に失礼って、僕に失礼でしょ。僕が月に勝ってるところ……無いね。そっか、だからお月さま、って敬称付きで呼ばれてるのか」

〈いつもの入りましたぁ！〉

〈朝起きて一発目の自虐〉

〈夜定期〉

〈違う、そうじゃない〉

〈月と勝負するに値する土俵にすら立ってないんよ〉

うーん、リスナーの辛辣さが寝起きに沁《し》みる。

僕だから良いけど、同じ調子で他の配信者に凸ったら訴えられるからね？

「まあ、とにかく。お腹《なか》空いたしご飯でも作ろうかな」

と、思い立ったところで僕はとあることに気づいた。

「火が無い……。終わった……」

そうだった。

マグマ飯で慣れてたからすっかり忘れてたけど、この階層火がない!!　火種も火の元もなにもない!!

〈そういやそうだったなw〉

〈いや、そこまで絶望することじゃないだろw〉

《《ARAGΛMI》今のスパチャの合計金額はどのくらいだい？》

「スパチャの合計金額？」

アラガミさんのコメントに僕は首を傾《かし》げる。

ショップ機能の一つとして、今まで貰《もら》ったスパチャの合計金額と残金が見えるけど……何か関係があるのかな？

僕はスマホでショップを開いて確認する。

「えーと、今は十三億九千六百万円。こんなにスパチャしてたの？　僕が出られたら現金でちょうだいよ。手元にないから無駄にしてる感じが半端ない」

貰ったら貰ったで借りが発生するから嫌だけど。

〈がめついなw〉

〈現金でくれは強欲すぎ〉

《《ARAGAMI》15億でラインナップが更新される《¥104,000,000》》

〈サラッと不足分出すのエグいなw〉

〈流石《さすが》世界2位。財力だけはまともだな〉

「おぉ、アラガミさん。ありがとうございます！」

ダンジョン特製スマホの多機能さが便利だなぁ。

死亡率下げるためなら、最初から最大限の支援をした方がいい気がするけど、何らかの縛りでもあるのかな。知らんけど。

再びショップを開くと、確かにラインナップが変わっていた。

「ふむ。今までのに、〈カセットコンロ〉〈カセットボンベ〉〈松葉杖《まつばづえ》〉……か。……歩きやすくなるね！　じゃなくて!!　最初から失うことを前提に配慮しないでくれない？」

素直にカセットコンロとボンベはありがたいのに、次の商品でテンションがだだ下がりしたよ。

なんで足を消費すること前提なのさ。

……消費すること前提だけどさ。

うーむ、これは僕の深層心理が反映されたとしか思えない。

〈草〉

〈松葉杖は草〉

〈良かったね！　これで足を消費しても動けるよ！〉

〈雪じゃ意味ない件について〉

〈草ァ〉

〈いらないもん押し付けられてる？ｗ〉

これまでに起こったことが誰かの意思によって導かれていた……ことは考え難《にく》い。だってバカだし。バカの行動を支配できるヤツなんていないよ。だって何するか自分でさえ分かってないんだもん。バカだから。

「今のところ役に立つビジョンが見えないけど、とりあえず火があるからヨシとする。……レッツクッキング！」

ショップから食糧一日分を購入。

上から降ってきたのは、例のごとくホカホカのご飯と、多種多様のお刺し身……って、

「火、使わねーじゃねぇか!!　僕の危惧は何だったの!?　僕を弄ぶのやめて、本当に」

口調も崩れるくらいに勢いで叫ぶ僕。

よく匂い嗅いだら、ご飯もこれ酢飯じゃん。

〈ショップくんも世迷《よまい》をネタ扱いしてる……!?〉

〈草〉

〈世迷の周りの無機物とか概念が全部擬人化されてるｗ〉

〈くん、付ければ全部解決よ〉

〈現実問題は何も解決してない件〉

〈悲しい現実突きつけるのやめてあげろよ。滑稽だろ〉

「君たちのコメントが一番抉《えぐ》ってくるんだよね。心。狼《おおかみ》くんに燃やされたり食べられたりしたけど、君らのコメントが一番傷つくまであるよ。《罵倒耐性》無かったら……無くても余裕かも」

実際、何も考えてない僕だから平気説がある。

いつでもポジティブに、がモットーだからね!!　素でコレだから一切心に響いてないだけだけど。

とりあえずお寿司《すし》食べよ。

「うっま」

一々酢飯を握って寿司にする。

簡易的とは思えない程に美味《おい》しいし、こんな極限状態で贅沢《ぜいたく》なものを食べてるお陰か、地上で食べる回らない寿司の何倍も美味しかった。

「ふぅ、満腹。腹ごしらえもしたし、そろそろ探索しようかな」

〈夜だぞ〉

「朝までジッとしてるのも性に合わないし、寒いのあんまり好きじゃないんだよね」

耐えられないことはないんだけど、動きは鈍るし、手足はかじかむしで、そろそろ嫌気が差してきた。

まだマグマ階層で狼くんと追いかけっこで遊んでた方がマシだよ。アレは一歩間違えたら即死だったけど。

「とりあえず外に出ようかな」

僕は寝袋類を《アイテムボックス》にしまって、転移魔法陣を踏む。

……この視界が揺れる感じが何回乗っても慣れないなぁ。車酔いとかとはまた別で、物理的に揺れてるわけじゃないから、如何《いかん》ともし難い気持ち悪さに襲われるんだ。

「着込んでても寒いねぇ」

夜になって冷え込みが増したのを肌に感じる。

唯一の光源が月明かりだけど、ダンジョンの特性なのかよく分からないし興味ないけど、ある程度の距離までは薄暗いけど辺りを見回せる程度に視界が利く。

どういう現象なんだろ。

「行動指針を発表しまぁす。まずは偵察。あの亀くんがどう考えてもボスだと思うんだけど、他のモンスターと共生することなんてあるの？」

《《Sienna》あるにはあるわ。遭遇したケースだと、同系統のモンスターだったけれど》

《《ARAGAMI》上に同意。アメリカの場合はライオンがボスモンスターで、チーターとピューマが通常モンスターだった》

〈大型猫類で構成された階層とか恐《こわ》すぎるだろ〉

〈兎《うさぎ》と亀か……関連性があるにはあるけどｗ〉

〈日本のダンジョンだしないとも言い切れないな〉

「兎と亀、ねぇ……。僕、あの物語好きじゃないんだよね。日本の童話の中でも」

〈最初に言っておくけどアレ、日本の童話じゃないぞ〉

〈イソップ物語が由来なんだよなぁ……〉

〈何でそれなりに詳しい奴《やつ》おるんｗ〉

〈世迷と同じミスだと……!?　ちょっと出頭してきます〉

〈世迷と同じ……？　い、嫌だ！　嫌だ!!〉

〈世迷アレルギー定期〉

〈下がいるから人間は自尊心を満たせるわけで。同レベルに落ちそうになった瞬間に初めて焦るんよな〉

〈解説者おる〉

「日本の童話じゃないんだ。明日には忘れてるけどタメになったよ。ありがとう」

僕はニコリと笑って礼を言った。

それはそうと僕を明確に下認定したね、さらっと。

知能的にも物理的にも下って言いたいのかな？

確かに僕は下にいるよ。ダンジョンの。

「そう。僕は君たちの下にいるんだよ。下に、ね？」

〈何でこいつ急に自虐してんの？〉

〈自信満々な笑みなの脳がバグる〉

〈遂に唯一無二のアホをアイデンティティにし始めたぞ〉

〈誇れるものが人より劣ってることしかないんだ。許せ〉

〈罵倒耐性があるからって容赦なさすぎねぇかｗｗｗ〉

〈《Ｓｉｅｎｎａ》アホアホ言ってるけど、民度の悪さは人のこと言えねぇな、ここ〉

〈《ユキカゼ》無法地帯……〉

僕が作り出した景色なだけに申し訳なさをちょっと覚える。民度が低いと言えばその通りだし、僕への罵倒も他人をフルボッコにする要素を秘めてる。

「人の死にかけ配信に草を生やすリスナーの民度が高いわけないよね、って話。……おっと、スノラビくん来たから雑談はここまで」

〈ごもっとも〉

〈珍しく芯を突いたな〉

〈純粋に心配してる奴はコメントしないんだよな〉

〈世界中のクソが煮詰まった場所かもしれん〉

〈草〉

〈草〉

僕は目視できる距離にいるスノラビくんを発見して、倒すかスルーするか悩む。ペットにする選択肢はない。

四肢を餌にすればあっさりと殺《や》れるには殺れるけど、全個体が食いつくとは限らないし、もしかしたらいきなり首を狙ってくる個体もいるかもしれない。

「かと言って僕の通常攻撃が効くとは思えないし」

狼くん戦でレベルが大幅に上がったからって、未《いま》だにレベル差のあるスノラビくんを一撃で倒せるとは思えないし、手間取ってる間に首を齧《かじ》られて終わりだよね。

「また一匹……」

とことん群れないね、君。

僕は雪をザクザクと踏んで、スノラビくんの元へと向かう。

僕を視認したスノラビくんは、相変わらず愛くるしい瞳を僕に向けてくる。どんな個体でも初手に油断させようとするのは変わらないらしい。

――と思ったら。


いつの間にか視界が傾いて、僕は雪の中に倒れていた。

一瞬遅れて走った痛みは右足から。どうやら僕はスノラビくんに右足を持っていかれたらしい。

まったく見えなかった。

「こんなパターンあるなんて聞いてないんだけど」

サクッとポーションで回復した。

今回は速さ重視で飲んだから、スノラビくんの二撃目の前に右足を復活することができた。

「キュアァァァァ!!!!」

「敵意剥《む》き出《だ》しすぎない!?　何があったの君に！　誰が君の殺意をここまで駆り立てるんだ!?」

僕は防御目的でショップから中華鍋を買う。


――スノラビくんが中華鍋を見た途端に、文字通り瞳の色を黄色から赤色に変貌させて、断末魔の叫びのように激しい金切り声を上げた。

「キュアァ!?　キュ！　ぎゅあああ!!」

……うん。うん。なるほど。

僕はピンときた。

「僕じゃん。君の殺意の原因」

そういうパターンがあるんだぁ……。

モンスターってやっぱり僕より知能が高くて記憶力が良いのか。狼くん然り、今回のことで身に沁みて分かったよ。

「あの時中華鍋で吹っ飛ばしたスノラビくんが恨みを晴らすためにやってきました、と。因果応報ってやつだね！」

〈自虐で草〉

〈道理で休憩所の近くにポップするわけだよ〉

〈最初から殺意剥き出しはポイント高い〉

〈足からヤったのも芸術点高いな〉

〈これまで、油断して舐《な》めプをかましてきた狼くんとか初手スノラビくんとは違って殺る気に満《み》ち溢《あふ》れてて良き〉

〈講評すな〉

〈環境もモンスターもリスナーも敵になってんの四面楚歌《しめんそか》すぎるだろ〉

「困った。僕の通常攻撃の不意打ちが使えない！」

〈不意打ちを通常攻撃にカテゴライズすな〉

〈正々堂々の言葉が辞書にない男〉

〈あったらこんなんなってないｗ〉

〈元はと言えばおめーのせいじゃねーかw〉

〈回り回っただけ定期〉

うん、まあそうだけど。

僕が中華鍋スキー中に轢《ひ》いたスノラビくんであることは、目の前で犬歯剝き出しにされたらよく分かる。

でも、あの時も思ったけど、君が前にいただけであって、僕に率先して轢く意志はなかったんだ。

結論。

「スノラビくんさァ……逆ギレとか恥ずかしくないの？」

〈おま言う？〉

〈不意打ちとか恥ずかしくないの？〉

〈発言一つで自分の首締めに行くのやめーや〉

〈ブーメラン好きすぎワロタw〉

そんなことを言ってもスノラビくんに伝わるわけもなく、更に歯を剝き出しにして怒りが増していく事実。

いつ首を持っていかれるか分からないし、かと言ってスキルを使うのは、これからの探索に支障が出る。

スノラビくんは中華鍋を警戒してるのか、なかなか仕掛けてこないね。……まあ、気がついたら吹っ飛ばされてたんだもんね。トラウマになるか。

「うーむ、中華鍋も縛りで武器に転用できないし。素手でどうにか倒すしかないけども」

〈自縄自縛人間〉

〈命を張って制限かけるのがおかしいんよ〉

〈昨今の体張る芸人よりえげつないぞ〉

〈コンプラを捨てた男〉

コンプラとか腕飛ばしてる時点で捨てたよ。

地上波に流したＮＴＤの方がコンプラ無視の覚悟ガンギマリ状態だと思うけど。未だに流してる辺り、何らかの執念を感じる。

「キュイッ！」

「――ッ！　痛《いて》ぇぇ!!」

不意に襲いかかってきた衝撃に、僕は息を吐き出しながら後ろに倒れる。

……いった！　直接的な痛みじゃなくて、何かを経由した痛み、的な？

中華鍋くんに突進してきたから直撃は避けられたけど、威力が軽減してもこの痛み。

「中華鍋くんがなかったら胴体真っ二つになってたかも」

スノラビくんのこと舐めてたけど、速さと攻撃力が尋常じゃない！　僕のカスみたいな防御じゃ、防いだとしても衝撃で内臓ぐっちゃぐちゃになるのがオチだよね。

〈(なんで中華鍋くんに傷一つないんですか)〉

〈中華鍋だから〉

〈納得〉

〈中華鍋くんに傷はなくても、世迷にはしっかりダメージが通る模様〉

〈ダメじゃねぇかｗ〉

〈おいおい、防具なんだからちゃんとしろよ〉

〈調理器具定期〉

「もしかして、スノラビくんの油断させる作戦は必要ないんじゃない？　最初から本気で命狙ってくる方が絶対強いでしょ、これ。なんで種族全体で弱体化するようなことしてるの？」

　僕みたいなアホには通じないし、スノラビくんが悪辣なことを知ってる人なら、いくら可愛《かわい》かろうと即殺するでしょ。僕には不思議でたまらない。

　一撃目は不意打ちをするにしろ、なぜ二撃目を即座に出さないんだろう。

〈悲しいことにスノラビに騙《だま》される奴は一定数おるんや〉

〈俺は騙されない！　からの首ぶしゃエンドはよくあるｗ〉

〈《ＡＲＡＧＡＭＩ》一説によれば、スノーラビットという種族は魅了系スキルをパッシブで使っている可能性があるそうだ。鑑定スキルの所持者が極端に少ないから何とも言えないが、そうだとしたら引っ掛かる人がいるのも無理はない〉

〈世迷に魅了とか効くわけなかったのか。バカだから〉

〈バカの方が効くとは思うけど、こいつの場合バカだから効かないんやなｗ〉

「へぇ、そうなん――ぐふっ」

スマホのコメントに目を移した瞬間にやってきた三撃目に、再び僕は後ろに倒れる。

視線を外す暇はないと、即座にスマホを内ポケットにしまって、両手で中華鍋くんを構える。

執拗《しつよう》に中華鍋くんを狙ってくるのは、リベンジの意味合いもあるのかな？　効率悪いと思うんだけど。

「きゅいぃぃぃ!!!!」

「ぐっ、うっ……！」

スノラビくんの絶え間無い突進によって、どんどん僕は後退していく。幾ら中華鍋が強くとも、生身の僕が紙装甲じゃ何の意味もない。

「ポーション飲む暇もない!!」

攻撃に転じる暇もないね!!

《捨て身》のスキルで攻撃力は上がってるから、一発当てさえすれば素手でも倒せると思うんだ。ただ、その当てるのが難しいわけで、ぴょんぴょんぴょんぴょん跳ね回るし、素早さが高すぎて攻撃の瞬間に捕まえることも絶対無理。

思ったより厄介だ……。

僕は無い頭で考える。

どうすれば倒せるのか。どうすればスノラビくんの素早さを消すことができるのか。

考えて、考えて、考えて。

スノラビくんの突進にひたすら耐えながら。

「――ハッ！」

僕は思いつく。

そしていつものように叫んだ。

「――ドキドキっ！　中華鍋カンカン騒音作戦‼」

〈《ＡＲＡＧＡＭＩ》企画来たァァァ‼〉

〈さっきの冷静な解説はどこ行った世界２位ｗ〉

〈ちゃんとファンしてるの草〉

〈久しぶりに先が見えない作戦名だな〉

〈《ユキカゼ》怪我《けが》しないように……ね〉

〈無理だ。こいつは怪我をする（確信）〉

〈《Ｓ・ｉｅｎｎａ》理解できてしまった私が憎いわ〉

〈侵食されし世迷マインドｗ〉

僕の作戦は単純だ。

多分、きっと、恐らく、スノラビくんは耳がいい。こういう獣型は総じて音に敏感だし。

というか、兎は耳がいいみたいな話をどこかで聞いたような気がした。多分ね。

だから――

「さあ、来い、スノラビくん！」

僕はスノラビくんの猛《たけ》り狂《くる》う赤い瞳を見つめる。

どう見ても絶対殺す、という意志を感じる他に中華鍋くんをどこか恐れているようにも見えた。じゃなきゃさっさと僕本体を狙うはずだし。

その隙を突く。

散々中華鍋くんに突進してきたんだ。次も君は狙う。

僕は中華鍋くんをひっくり返して、食材を入れる方を前に向ける。ごめん、名称が分からない。

「きゅい」

鳴き声と共にスノラビくんの姿が掻《か》き消《き》えた――と同時に僕は前傾姿勢になって中華鍋くんを地面に押しつけ、全身の力を使ってスノラビくんを中華鍋くんの中に閉じ込めた。

「いっっつ……でも、成功したね」

「きゅぅっ！　ぎゅあっ！　きゅい！」

中華鍋の中でガンガン音を出して暴れるスノラビくんを、僕は必死に押さえつける。スノラビくんの体勢不利でも衝撃は勿論《もちろん》とんでもなくて、多分色んな骨がボッキリいってる。

まあ、いつものことだよね。

〈……珍しくやるやん〉

〈閉じ込めても倒せないけど大丈夫そ？〉

〈めっちゃ暴れてるしｗ〉

「ここからが僕の作戦だよ」

ニヤリと笑って、《アイテムボックス》からポーションを二つ取り出す。別にコレは飲むために出したわけじゃない。

僕は足で中華鍋を押さえながら、ポーションの小瓶を中華鍋に小刻みに叩《たた》きつける。


――カンカンカンカンッ！


「きゅあ⁉　きゅきゅ⁉」

スノラビくんの抵抗が激しくなったね。

よく分からない甲高い音が鳴ったら、そりゃ驚くか。人間ですら、鍋とかフライパンを耳元で叩かれたら驚くし、少し耳が痛くなる。

それを聴覚が良いスノラビくんにやったわけ。

「カンカーン、カンカン、カーン♪」

〈なんの音楽〉

〈やべーやつに見えてきた。元からかｗ〉

〈歌いながら無表情なのなんなんｗ〉

僕は無表情でひたすらカンカンする。もう、それはしつこいくらいにカンカンと。僕の耳まで痛くなりそう。

その間も抵抗は激しいけど、それも徐々に収まっていって鳴き声すら聞こえなくなったタイミングで僕は中華鍋を開放した。

「ふっ、作戦成功」

そこにはぐったりと気絶するスノラビくんの姿があった。

口の端から涎《よだれ》のようなものが出ていて、白目を剝いている。

「後はスノラビくんをぶん殴るだけ……。なっ⁉」

う、腕が動かない！

スノラビくんをぶん殴るだけなのに腕が全然動かない！

「……僕にまだ情が残ってたなんて」

〈敵側に寝返った情に厚いキャラやめーや〉

〈おい茶番〉

〈コンプラ気にしてるだけだろ〉

〈多分こいつあんまり何も感じてないぞｗ〉

〈今更なんだからさっさと倒せよｗ〉

スマホを取り出してコメントを見る。

「君たちさ。僕が血も涙もない冷酷な人間だと思ってるの？　思い出してみてよ。僕を裏切った中華鍋を使い続けてる僕の慈悲深さを」

〈よく考えれば分かる熱い中華鍋を触りに行ったのおめーじゃねぇかw〉

〈慈悲深いとかw〉

〈似合わないこと言うのやめてもらっていいですか？〉

〈情緒がおかしい男に慈悲深さとか言われましても……〉

〈情が残ってたなんて、って発言してる時点で情があるわけねぇだろ〉


確かに。


モンスターはモンスターだし、僕の命を狙ってきた時点で情が発動するわけないよね、って。

でも、無抵抗な相手を一方的に甚振《いたぶ》ることが僕の沽券《こけん》に関わるのも事実。

「よし、捨て置こう」

僕はその場にスノラビくんを残したまま立ち去る決意をした。

〈世迷がモンスターを見逃しただと……!?〉

〈徹頭徹尾モンスター絶対倒すマンだった世迷が!?〉

〈《ユキカゼ》ええ……？〉

〈《ＡＲＡＧＡＭＩ》まあ、この先何が起こるか分からない探索で《一魂集中》を発動させるのはリスキーだ。間違った判断じゃないさ〉

敗北を噛《か》み締《し》めてもっと強く成ると良いさ。

……的なこと言っても罵倒されるだろうし、アラガミさんの言う通り《一魂集中》を消費したくなかっただけなんだけどね！

あちこちヒビ入り、もしくは折れた骨をポーションでサクッと回復した後は探索タイム。

一応、簡易的に地図を描いてはいる。休憩所までの道を見失ったら終わりだし。そうなったら亀くんを倒せば良いかもだけど、ろくに計画も立てなかったら死ぬ。多分。

「やっぱり高いとこに登って捜した方が良いかも」

地上で遭遇したら前回の二の舞いだよね。

衝撃波っぽい何かで吹っ飛ばされるオチしか見えない。何事も……えーと、索敵？　が必要なわけ。

〈世迷と言えば高いとこ〉

〈バカと煙はなんちゃら、って言うもんなｗ〉

〈バカと世迷は高いとこ……って同一人物じゃねぇか〉

〈草〉

〈最大級の罵倒合戦してて草〉

リスナーも相変わらずだなぁ。

罵倒を披露し合うリスナーに。変わることのないリスナーに少し安心してる僕がいるけど、どのみち役に立たないからどうでもいいや。

楽しませる義務が僕にはあるけど、リスナーが僕を褒める義務はない。今更褒められても気持ち悪いし。

「マグマ階層の時も思ったけど、丘？　みたいな登れる場所が多いみたいだね。まあ、隠れる場所もあるってことだし、紙防御の僕からしたらありがたいけど」

〈平坦《へいたん》だったらまあ死んでるなｗ〉

〈見晴らしの良さが天敵なの草〉

〈《ＡＲＡＧＡＭＩ》丘陵が多いのはダンジョンの特徴と言えるだろう。尤《もっと》も、全てが謎でしかないことから自然発生したモノなのか、何らかの意思によって造られたモノなのかは不明だが〉

〈《Ｓｉｅｎｎａ》丘陵地帯は休憩所がない時に代わりとして使うわね。あんたみたいにソロで潜るアホは少ないし〉

〈《ユキカゼ》あほ……〉

あ、そういえばユキカゼさんもソロだった。

「ユキカゼさん！　ソロ仲間だね！」

〈《ユキカゼ》うん〉

〈不本意で草〉

〈こいつと同じ存在にされるのは……ｗ〉

〈案外、ソロ仲間なあたり喜んでる可能性もあるけどｗ〉

〈いや、ないだろ（真顔）〉

〈ゴキブリと人間は別なんだぞ〉

〈サラッと人間扱いしてなくて草〉

ユキカゼさんは受け入れてくれたのに、それを茶化すリスナー。僕はまだ人間だよ。卒業した覚えはないし。

まあ、一階層とかの初心者を除いて、ソロの探索者は絶滅危惧種か、って言うくらいに少ないからね。

まずもって、休憩所の存在を知らない人が多いこと。

五十階層より下で生計を立ててる探索者がいないことも理由だけれど、休憩所のない上層と中層は交代で見張りを立てて休憩するのが基本らしいし。誰かが言ってた。

「たとえ普通にダンジョン探索してたとしても、僕はソロでやってたかもね」

〈だろうな〉

〈誰がこんな頭おかしいやつと組みたがるんだよ〉

〈ソロでやらざるを得ないだけだろw〉

〈ついていけないいじゃなくて、おめーが合わせる気が皆無なだけw〉

〈まあ、ある意味ソロの方が大成しそうではある〉

〈《ARAGAMI》取るに足らない有象無象に影響を受けた世迷言葉《ことは》など私の求める彼じゃない。私が秘書に借金してまでベットした金に釣り合う彼じゃないさ。ふふ〉

〈秘書に借金する世界2位……〉

〈秘　書　に　借　金〉

〈大概おめーも頭のネジ吹っ飛んでるんよ〉

僕はアラガミさんのコメントを一通り読んだ後、ふむ、と頷《うなず》きながらニッコリと笑う。

「アラガミさん――――理想押し付けるのやめよ？　僕は僕だよ。どんな僕であっても、それは変わらない。人は生きてたら誰かに影響されるでしょ？　僕だって、今までの人生で誰かに影響されて今の僕がいる。ありもしない未来の僕を僕じゃない、って断言するのは傲慢だと思うな」

〈《ARAGAMI》ごめんなさい〉

〈珍しく正論じゃないですかヤダー〉

〈まともなこと言う世迷……〉

「――だからアラガミさんも、僕に貢いで享楽し続けるアラガミさんでいることを期待しているよ」

〈ダメだった、こいつ真性のクズだ〉

〈手のひら大回転どころじゃねぇw〉

〈押し付けてんじゃねぇかwww〉

〈世迷は世迷だった……〉

〈貢ぐ発言は草〉

〈《ARAGAMI》知　っ　て　た〉

〈さてはこいつも謝る気ゼロだったなw〉

〈上位探索者クズだらけ問題〉

〈《Sienna》同じにすんなボケカスが〉

〈いや、6位も大概だと思うぞ……〉

ま、僕に期待してくれるのはありがたいけど、それに全力で報いて、その人の言う通りに……なんてことはするはずがない。そんなのそれこそ僕じゃない。

「ふふ、僕を思い通りにできるなんて思わないでよね。僕は何事にも屈しないよ」

《《NTD》予算下りたので企画代《¥10,000,000》》

《《ARAGAMI》企画代《¥2,000,000》》

スゥ――――。

「何する？　どんな企画する？　体当たり企画でもいいよ？」

〈屈してんじゃねぇか〉

〈直接口座に入らないからどうでも良いとか言ってなかったっけ……？〉

〈体当たり企画しかしてない定期〉

〈クズの片鱗《へんりん》どころか全面的に見せつけてきてるw〉

〈鮮やかな手のひら返し〉

〈また即堕《お》ち〉

「流石に冗談だって！　金に踊らされるほど飢えてないよ。現物があるわけでもあるまいし。――ただ、ほら。お金って誠意に僕も少しは応えなきゃなぁ、って心優しき配慮があるんだ、うん」

腕を組んでやや早口のまま説明する僕。

配慮とか遠慮とか、りょ？　が付くものは地上にもれなく置いてきたけど。

そんなのあったって何の役にも立ちやしない。モンスターに遠慮することなんて一つもないしね。

……あれ、僕、地上に置いてきた感情多すぎ……？

地上に出たらまともになるんじゃないかな？　多分。

〈嘘《うそ》をつくな嘘を〉

〈優しさとかｗｗｗ〉

〈金に目がくらんでるアホが何か言ってる〉

〈スパチャは文字通り世迷の血肉になるからな〉

〈ポーションのこと言ってる？ｗ〉

〈コンプラに配慮しろ〉

「コンプラはごめんね？　普通に無理だと思うから諦めてくれると助かる」

最早《もはや》二桁回数腕が吹っ飛んでる時点でお察しだよね。もう戻れないラインまで来てるから、コンプラくんにはこちら側に堕ちて欲しい。

「とにかく、企画はいずれやるから、まずは探索だよ……って、ちょうど良いタイミングだね」

雪山を登りきった時に見えたのは、緑色の長い首。

遠目からでもハッキリと視認できるのは、僕の体をぐっちゃにした亀くんに違いない。

僕は一応学んでるから、伏せて観察してみる。

「《鑑定》……あ、この距離からでもできるんだ」

僕は意外な有能さに驚きながら鑑定結果を確認した。

＊＊＊
《ユニークボス個体》
種族　亀
Lv．1200
＊＊＊

「亀」

――そのままじゃねーか。


僕は心の中でツッコんだ。

「うーん……。説明すると、確かにあの亀くんはユニークボス個体……まあ、この階層のボスモンスターなのは間違いないね。でも、種族が……」

〈まあ、あれだけデカけりゃボスだよな〉

〈名前は？　メジャーなやつだったん？〉

〈狼くんが北欧神話だったし、それ系統か？〉

〈玄武とか霊亀《れいき》とかありそう〉

だよね、僕もそう思った。

僕でも知ってる玄武とか、神話ベースにしてるモンスターなら普通にありそうだし。

だって、あんなにキラキラしてる甲羅に巨体。

首が長すぎて亀には最早見えないし、それならまだ神話の怪物とかの方が理解に苦しまずに済んだんだ。

なのに……、

「亀だった。ただの亀。レベル１２００の亀」


〈亀ってレベル上げたら衝撃波撃てるようになるんかｗ〉

〈ネタ切れしてて草〉

〈草〉

〈世迷ワールドに侵食されとるｗｗｗ〉

〈レ　ベ　ル　１　２　０　０　の　亀〉

〈亀ってなんだったっけ〉

〈亀は亀です〉

〈あーあ、世迷が変なことするから……〉

「え、これ僕のせいなの？　創造主に言ってくれない？　誰が創ったか知らんけど。ここに来てネ夕枠のボス創るのやめてくれない?」

それでいて倒しづらいとか酷《ひど》いと思うんだ。

負けイベントのボス並みに酷いよ。狼くんの方が一撃の火力とか敏捷性《びんしょうせい》は高いにしろ、倒すための糸口は見つかった。亀くんの場合見つからない。

《ARAGAMI》ボスモンスターの全員が神話ベースではない。むしろ、神話ベースの方が少ないくらいだ。だが、今回みたいに単一の種族名で記されるモンスターは……ふふっ、くくく、初めて……だwwwwww〉

〈世界2位がツボってらっしゃるw〉

〈最後まで真面目さ保ってもろて〉

〈笑い声までしっかりコメントすな〉

《Sienna》笑〉

〈6位は手心持ってもろて〉

《ユキカゼ》低階層ほど、何かの動物を混ぜたような……所謂《いわゆる》キメラのモンスターが多い。深くなればなるほど、パッと見て分かるモンスター……それこそ狼とか兎とか、が多い……?〉

〈唯一の良心〉

〈人って変われるんやな〉

〈変わらざるを得ないの間違い〉

「そう言われればそうかも。ダンジョンができる前は、スライムとかは空想上の生き物だったらしいしね。亀とか兎とか身近な生物にしか会ってない気がする」

なんでかは分からないし、考えても僕に分かるとは思えないからスルー。

あと、アラガミさんはまともなアドバイスを少しはくれた方が良いと思う。最近はスパチャかツボるしかやってないでしょ。

シエンナさんは、たまに見せる優しさをいつも発揮して欲しいね!!


無理か。全員。


「そう考えたらさ。……えーと、その、元は空想上の生き物だったのが、ダンジョンで具現化？　されてるわけでしょ？　何でだろ」

〈知るかよ〉

〈よく頑張って疑問を吐き出したな……知らねぇよボケ〉

〈上げて下げて草〉

〈世界中の研究者が血眼になって解明してることを一般人の俺らが知ってると思うか？　聞くな〉

《Ｓｉｅｎｎａ》当たり強くて草〉

「あ、そっか。知らないことを知ってるか聞かれるの嫌だよね。僕は知らないことしかないけど。……そっか、その点において僕と共通してるってことだね！　リスナー！」

〈一緒にすんなボケカスがァ！〉

〈知識の密度がちゃうねん〉

〈知らないことしかないだろおめーはw〉

〈違う、そうじゃない〉

〈仲間を作ろうとするな〉

まあ、いいや。

どれだけ僕と同じが嫌なんだ、とは思うけど、僕も晩酌しながら僕の配信を見て笑ってるリスナーと同じは嫌だからね。お互い様ってこと。

……あれ、僕の配信がなかったら、それなりにまともに過ごせていたのでは……？　僕がリスナーをおかしくした……ってこと？

いや、素質あったから酒クズとか、僕の必死な姿を見てケタケタ笑う奴とか、僕の配信の切り抜きをして食ってるリスナーがいるんだよ。

「……一先《ひとま》ず、倒す案もないし、休憩所に戻……りたかったたね」

スマホから目を離して亀くんを見たその時、パッチリお目々の亀アイと僕の解像度０％の目が合った。

「目と目が合った……高鳴る心臓……これって恋⁉」

〈言ってる場合かw〉

〈死への怖《おそ》れ、やな〉

〈ついに死への恐怖を恋心に誤認し始めたか……〉

〈この様子じゃ恐怖心があるのかすら分からんわｗ〉

〈着々と人間辞めてて草〉

うーむ、あんまり否定できない。

別に本当に心臓が高鳴ってるわけでもないし、完全に怖れがないわけでもない。

でも、最初の頃と比べて恐怖が軽減しているのもまた事実なんだ。人って適応が早いよね。

「――ぬぐっ！」

――とか考えてたら衝撃波っぽいやつが飛んできた。

幸い距離が離れてるせいか、強烈な爆風を浴びるのみで済んだ。……初回はわりと近くでコレ浴びてよく無事だったね。

〈この距離からでも撃てるんか〉

〈逃げれなくて草〉

〈亀くん近づいてるやんけぇ！ｗ〉

〈逃げろ逃げろ〉

〈《ＡＲＡＧＡＭＩ》ここは逃げるべきだろう。実験もしてないうえに、策もない。私も何か考えてみるが、そのためには時間が必要だ〉

〈《Ｓｉｅｎｎａ》2位に同意〉

〈《ユキカゼ》あ、この雰囲気はまずい〉

ふむふむ……分かってるじゃないかユキカゼさん。

コメントの雰囲気は逃げろ一色。何だかんだ良心を捨てきれてないリスナーがほとんどだから、ここは逃げて様子見と策を考えるべきだ、なんてのがほとんど。

「――でもさ。最近気づいたんだ。今までリスナー……というか、ユキカゼさんとかアラガミさんとかシエンナさんのイツメンに助けられてきたよ。アドバイスとか情報もらったり。策だって授けてもらった。でもね」

僕は、亀くんが近づきながら撒《ま》き散《ち》らしてくる衝撃波に耐えながら続ける。

「でも、最終的には僕の企画が運良く成功したり、もらった情報をもとに行動したりして助かった。どう倒すか。それは僕が決めた。その時に気づいたんだ」

――一歩を踏み出す。


今までも、言われたことの反対の行動をしたりした。

中華鍋くんでぶっ叩く作戦も、弱体化はできたけど倒し切れなかった。

四肢チェックだって僕の浅慮さから始まったことだし。

全ては運が良かった――なんて片付ける気はない。

摑《つか》み取《と》った奇跡と運は、全て僕のもの。

宝くじが当たった？　それは買わなきゃ当たらなかった。

それと同じで、やってみないと、それが成功するか失敗するかなんて分からないでしょ？

――二歩目を踏み出す。

何が言いたいかって？
……言われたことの反対で成功するのって良い‼
「――――逆張りって気持ちいいな、って」
〈気づいちゃいけないことに気づいたぞこいつ〉
〈高二病だ……⁉〉
〈やべぇ終わった〉
〈まだアドバイス聞いてから行動してるあたりマシだけどよ……〉
〈それは踏み込んじゃいけない領域なのよｗ〉
〈《ＡＲＡＧＡＭＩ》分かる〉
〈分かるなｗ〉
〈《Ｓｉｅｎｎａ》良くも悪くも成功してる探索者はそうね〉
〈《ユキカゼ》私も反対押し切ってソロで活動してるから、人のこと言えない〉
〈意外にお三方の反応良いなｗ〉
〈人外どもを一般の枠にハメたらいけんのよｗ〉
〈（ユキカゼさんはどうなんですか）〉

〈（ソロで中下層行ってるあたり同じ）〉

〈なるほど納得〉

……反対されるかなって思ったけど、意外に好感触……？

「じゃ、倒そうか」

そして僕は三歩目を踏み出した。

4．やったね！　飛んだよ！

僕の原点は何か。

こういうわりとピンチな時に過去を回想すると、一定数の人に嫌われるからやらない。というかそんな余裕ないし、人様に話して同情を得られそうな過去もないね。

「簡潔に言えば、ノリと勢い」

〈急にどうしたｗ〉

〈お、そうだな（いつも通り）〉

〈勢いでしか生きてないんだよｗ〉

〈それを一般的に無策って言う〉

〈気合いとノリと根性の間違いでは？〉

〈耐性あるからって笑いながら腕飛ばす奴《やつ》は根性とかそういう次元にいない〉

〈バケモノォ！〉

うるせいやい。

「僕は脊髄反射で生きてるんだ。そろそろ僕の突飛な行動にも慣れて欲しいんだけど」

〈無理〉

〈次々と新しいキモさとヤバさを見せつけてくるから慣れねぇのよ〉

〈慣れたら終わりだと思ってるｗ〉

〈《ＡＲＡＧＡＭＩ》慣れた〉

〈黙れよ世界2位〉

〈扱いが上位探索者のそれじゃないｗ〉

〈秘書に借金してまでスパチャするやつを敬う必要はあるのか……？〉

〈（あるわけ）ないです〉

僕もそれはどうかと思うよ、アラガミさん。

二位なんだから結構稼いでるでしょ？　自己負担で貢いでくれると僕としても有り難い。

――とか何とか言ってる間に、雪山二つ分離れていた距離が、雪山一つ分にまで縮まっていた。

実際にはもう少し離れているだろうけど、大きさも相まって目と鼻の先のように錯覚してしまう。

亀くんの瞳からは、敵意……といえるくらいの激情は感じられなくて、敵が来たから倒す、みたいな単純的な思考のように思えた。多分。

「どうしよ。本当に無策」

僕は頭をガシガシ掻《か》きながら叫ぶ。

「唸《うな》れ！　僕の小粒納豆サイズの脳みそ!!　君はいつだって僕にも理解できない謎めいた企画を提案してくれるじゃないか!!　よくよく考えると正気の沙汰じゃないよね!!　――正気の沙汰じゃな

いって何だっけ!!」

考えてる最中に話す言葉だって、適当にそれっぽいことを口走ってるだけなんだ。理解できないことを話せるって結構すごくない？　褒めても良いよ。

〈おめーのことだよ〉

〈アホ行動を脳みそのせいにするな〉

〈全部お前の一部なのよ〉

〈正気の沙汰じゃねぇわなw〉

〈たとえ脳みそが自律型だとしても、それを嬉々《きき》として実行するお前が正気なわけがないだろwww〉

〈《Sienna》正論パンチがすごい〉

〈《ARAGAMI》まあ、一拍置いて考える時間がない、という問題もあるから、一概に世迷言《よまいこと》葉《は》が悪いとも言えない。急展開の際に思考が邪魔をせず、行動までのプロセスを簡略化できるのは、紛れもなく才能と言えるだろう〉

〈さすが世迷ガチ勢w〉

〈まあ、分からなくもないw〉

「僕の擁護は今どうでもいいから、さっさと倒す策をプリーズ!!」

そういうのは何もない日常回にしてくれない？

戦闘中ってわりと君たち優しいよね。

うん、それを普段から発揮してくれると僕も大変ありがたいし、無駄に罵倒耐性くんが仕事をすることもないと思うんだ。ね？

「お、衝撃波が止《や》んだ。ずっと出し続けられるわけでもないみたいだね」

亀くんがまさしく鈍足の歩みだからこそ、こんなに悠長にスマホに向かって喋《しゃべ》り続《つづ》けられるわけだけど……。

世の探索者はリスナー頼りに探索を進めたりしないし、僕が特殊なだけかな？　知らんけど。

〈策なんてあるわけないよなぁ？〉

〈あっても逆張りするだろ定期〉

〈そういうのはお三方か、新参の固定マーク付き探索者に任せるわ〉

〈俺たちはそれを眺めながらビール飲んでるだけよｗ〉

「人が大変な思いして生き抜いてる様子を肴《さかな》にしてる酒クズがここにいます!!」

今更定期。

今までのやり取りでそうなんだろうな、とは思ってたけど、リスナーは自分のカス精神を少しは心の内に秘めておくべきだと思うんだよね。

明け透けに何でも言うのって日本人の特権じゃないから！　むしろ、日本でそんな風潮あるなんて聞いたことないよ。

〈《ＡＲＡＧＡＭＩ》ふむ。鍵は《一魂集中》のスキルだが、解析によると、そのスキルは全体攻撃型ではなく、部分攻撃型であることが分かった。6位、翻訳〉

《《Ｓｉｅｎｎａ》お前が頼むのかよ。……はぁ、つまり、狭い範囲限定の超攻撃特化ってことよ。アホが亀に攻撃しても、一発で倒せないし、どこかの部位を削り取るくらいしかできないわね。小さい敵であるほど有用なスキルね。残念。あとはもう一人翻訳〉

〈《ユキカゼ》首落とせばいける〉

〈草〉

〈連携プレイしてて草〉

〈最初から説明諦めるなよｗ〉

〈簡潔すぎて草〉

「なるほどね。正直、よく分からなかったけど、首落とせばいけるんだね。じゃあ、問題はどうやって首を狙うか」

ブラキオサウルスと見間違えるほどに首が長いし、当然それを支えている本体はめちゃくちゃデカい。

どう足掻いてもジャンプじゃ届かない。

「《一魂集中》は、触れないと駄目」

……あ、触れた一定の範囲を消し飛ばす技なのかも。

それならさっきの説明も何となく分かる。

「……うーん」

悩んでも当然良《い》い案が浮かぶはずもなく。

灰色の脳細胞、的な優れた脳細胞を自分に当てはめて比喩する表現があった気がするけど、僕の場合虹色の脳細胞だと思うんだ。薬物やってんじゃねぇか的な自虐の意味合いも込めて。

〈《ＡＲＡＧＡＭＩ》私が巨大な敵と戦った際は、魔法とスキルで大した手間を掛けずに遠距離から撃破できた。参考にはならないだろう。つまり、頑張れ〉

〈丸投げで草〉

〈無理ってことね〉

〈《Ｓｉｅｎｎａ》私は身体能力強化のスキルで跳躍して首を落とすわ。当然、参考にならないわね。つまり、頑張れ〉

〈やる気無くて草〉

〈助ける気がないんよなｗ〉

〈《ユキカゼ》ごめん。頑張って〉

〈お三方何も無し〉

〈終わったな〉

「別にお三方に案がなかったとしても怒ることはないよ。絶望は……しないね。何も思いつかないけど何とかなるんじゃない？」

知らんけど。

〈無策と無謀のセット〉

〈そんなセットはいらないｗ〉

〈何か道具でも使えば？ｗ〉
僕は『道具を使え』というコメントで、光明を見出《みいだ》したような気がした。
「それだ!!　何も生身で立ち向かう方法を考える必要はないよね、よく考えたら」
そうだ。
僕が使えるもの。
いつだって役に立ってくれたもの。

「――中華鍋召喚」

ボスモンスターの討伐は君がいないと始まらない。
そうでしょ？
僕は今階層最後となる……最後にしたい作戦名を叫ぶ。
「――ドキドキっ！　スキージャンプで後はノリと勢い作戦!!」
〈飛ぶ……のか〉
〈無謀に加えて蛮勇がログインした件〉
〈死にたいの？〉
〈作戦と言えないだろｗ〉
《ＡＲＡＧＡＭＩ》確かに世迷言葉はバランス感覚が優れているうえに器用ではある。曲芸のお

手並み拝見といこうか〉

〈《Ｓｉｅｎｎａ》はぁ〉

〈《ユキカゼ》……〉

何か言ってよユキカゼさん。ねえ。ねえってば。

まあ、いっか。気を取り直そう。

「さあ、やって参りました、死出の旅。実況は世迷、解説は言葉でお送りいたします。いやぁ、現在、雪山の向こう側に亀がいる状況ですけれど、これをどう見ますか言葉さん。そうですねぇ、滑る分には問題はないと思いますが、如何《いか》にしてジャンプで飛距離を出せるか。そこが勝敗を分けると思いますよ」

〈い　つ　も　の〉

〈危険度分かっていながらにこやかに実況しとる〉

〈状況と発言のギャップで壊れる〉

〈発言に知性を感じる〉

〈さては何かのスポーツの実況を憶《おぼ》えていたな？〉

そうだよ。

僕が死出の旅、なんて言葉を素で知ってるわけないじゃん。僕の発言に知性を感じる必要はないよ。覚えておいて。

実際に話した内容は、それなりに的を射てると思う。

滑るのは一回やったから問題ないにしても、そこからどうジャンプするかだよね。よしんばジャンプできたとしても亀くんの首に着地、もしくは攻撃ができるかも問題。

「まあ、やってみないと何も分からないよね、ってこと」

〈行き当たりばったり定期〉

〈人間の知性を活用しない男〉

〈やっても自分の行動の意味を言語化できないやん〉

〈知性を犠牲に行動力を得るとこうなるのかｗ〉

〈まずもってダンジョンに潜らなきゃ輝かねぇ能力だなｗ〉

〈即断即決できる能力だけは羨ましいわｗ〉

僕なりに葛藤はあったりなかったりするけどね。

ほとんどないけど。

葛藤してたって、最終的に取れる行動は一つなわけで。失敗して人生をジ・エンドしても、その時にした行動を後悔することは多分ない。知らんけど。

「さあ、世迷言葉選手。今、定位置に着きました」

そんなことを口走りながら、ショップで購入した中華鍋くん二つに足を置いて、スキー（笑）状態にする。

急斜面の後に、まるでスキーのジャンプ台かのような芸術的な坂が控えているのは、僕にとっては都合がいいんじゃないかな。

「果たして……えーと、Ｐ点？　みたいのは越えられるのか！」

〈Ｋ点な？〉

〈ほら、知らない単語使おうとするから……〉

〈バレてる無知に無知のトッピングしないでもろて〉

〈追い無知で草〉

〈点Ｐは数学やろ〉

〈やめろ動くな〉

さて、と。

ここからはコメントに頼れない。

僕はスキーウェアの内ポケットにスマホを収納して、ゆっくりと向かってくる亀くんを見据える。やるしかない。

月明かりと、ダンジョンのよく分からない光源で雪はキラキラと輝いて見えた。見えただけで実利ないし邪魔。

「――世迷言葉選手、今飛び出しました！　グングンスピードが上がっていきます‼」

ビュウと風の抵抗でバランスが崩れかけたのを微調整しつつ、僕は前傾姿勢で更にスピードを上げた。

スキージャンプの競技も全然見たことないし、見様《みよう》見真似《みまね》だけど、前と違って止まる必要ないし楽かも。

……というか思ったよりもスピード出るね。

中華鍋くんに摩擦ゼロにする能力でも付いてたっけ？　もしそうなら何用に作られたの、むしろ。料理……？　僕分かんない。

「僕今、風になったかも」

〈アホになっただけだろ〉

〈可哀想《かわいそう》に。自分の現在の状況すら把握できないなんて〉

〈《ＡＲＡＧＡＭＩ》ほう……。面白い〉

〈《Ｓｉｅｎｎａ》笑顔って状況によっては怖いのね〉

〈《ユキカゼ》じゃあ私は雪……？〉

〈享楽主義と常識人の皮を被《かぶ》ったバーサーカーと世迷につられて世迷《よま》い言《ごと》す人〉

〈大概世迷の影響受けてて草〉

〈悪影響なんだよなぁｗ〉

急斜面を下る僕だけど、レベルアップのお陰で周りの状況は鮮明に見える。動体視力の向上、って極めれば色んなことに使えそうだよね。


「――そろそろ……っ」

離れそうになる足を懸命に調整しつつ、超猛スピードで斜面を下って下って、下る。

そしてその終わりは——今……ッ!!

「ああああああ————!!!」

僕は叫んで己を鼓舞する。

ジャンプは完璧だった。猛スピードで飛び立ったお陰か高度もバッチリだ。

〈テンション高いなw〉

〈テンション上がった時ほどろくでもないことが起こるもんだ〉

〈めっちゃ飛んでて草〉

〈思ったより飛距離出てるしw〉

〈《ARAGAMI》タイミングドンピシャだ。間違いなく首に着地することができるだろう〉

〈《Sienna》※何事も無ければ〉

〈《ユキカゼ》フラグ……〉

〈わざわざフラグ建築すなw〉

吹き荒れる風とともに地面を飛び立った僕は、少しの興奮を覚えつつ、体の向きを更に調整することで亀くんの首に向かえるようにした。

その甲斐《かい》があったのかは知らないけれど、普通に亀くんの首に着地できそう。今刈ってあげるよ、その首を。

「ふっ、鈍臭い亀に僕を止めることなんて不可能なんだよ。人間の速さを舐《な》めちゃいけな――――」

――スッと凄《すさ》まじいスピードで首を動かした亀くんは、のほほんとした瞳を僕に向けて、カポリと口を開けた。

目の前、僕。

頭上からやってくる僕に向けられて……ますね、はい。

まだ二秒くらい時間ありそうだね。

すぅ、と大きく息を吐いて、

「よく見たら君の瞳って結構キュートだよね。僕今になってようやく君の良さを知れ――アッ」

次の瞬間、僕の全身を慣れた感覚が包み込む。

痛みとバラバラに引き裂かれそうな気持ち悪い感触。

「褒めたんだから許してよぉおおおお！！！」


僕はそのままほぼ真上に打ち上げられた。

〈うーん、世迷〉

〈フラグ回収が安定の秒速〉

〈どんな状況でもふざけざるを得ない呪いに罹《かか》ってます？〉

〈人は愚かなものです。特にお前〉

〈同じ人族にしないでもろて〉

《ＡＲＡＧＡＭＩ》私も世迷言葉と同じ種族は嫌だ〉

〈黙れよ人外仲間〉

〈《Ｓ・ｉｅｎｎａ》あいつは人間じゃない〉

〈性癖首狩りのバーサーカーは黙ってもろて〉

〈《ユキカゼ》人間って素晴らしい〉

〈現実逃避してて草〉

「――ッッ！」

すぐに行動しなきゃ気絶《おち》しそうだった。

至近距離で衝撃波食らって真上に打ち上げられたら、まあそうなるよね。

そんなわけで、下向きに《アイテムボックス》を開いて、降ってきたポーションの瓶の蓋部分を口でキャッチ。

肘と肘で瓶を持ってそのまま口で蓋を開けて飲む。

〈相変わらずの曲芸〉

〈アイテムボックス、そんな使い方できたんかｗ〉

〈何がヤバいか、って上空から落下中に淡々とこなしてることなんよ〉

〈動きが単純にキモい〉

平時なら普通に飲む……というか、体に異常がなければそもそもポーションを飲むことがないと思うんだ。

曲芸って言われてるのは、僕ができる思いつく限りの最適解を選んでるだけ。

今だって両腕骨折中だからだし。

「復k……舌噛《か》んだ」

まあいいや。

差し当たっては、真下にいる亀くんをどうするか。

そのまま落ちたら確実に死ぬんだよね。

ただの亀に負けるのは僕のなけなしのゼロに近い、小数点以下を切り捨てたらゼロのプライドが許さない。

この状況ではコメントに頼ることもできない。

「んー、考えても無駄か」

暇がない。

いやぁ、僕ってば人気者だから大変だなぁ。色んな多種多様な生物に追いかけ回されてるからね。全く望んでないから消えてくれない？

――と、どうでも良いことしか頭に浮かばないまま、猛スピードで亀くんの頭付近に近づく。

ものの数秒で着地して、地面に綺麗《きれい》な赤い華が咲くに違いない。

ええい、もうやけくそだ!!

ヒュー、と落ちる勢いそのままに、僕は亀くんに拳を突き出し――――

「一瞬――――《一魂集中》」

拳が亀くんの頭に触れた――と体が感じるより先に勘でスキルを発動させる。

亀くんは一切の言葉を発さないまま、頭と首の一部が綺麗に消滅した。

「――――」

「痛っっ！」

スキルを発動させるために使った右腕が……もう、人様に見せられないレベルでアカンことになってるけれど、それよりも呆気《あっけ》ない幕切れにポカンとしたまま雪山に頭から突っ込んだ。

〈世迷言葉の無双劇が始まる……？〉

〈そんなの望んでない（迫真）〉

〈何だろう。上位探索者が低階層で遊んでるみたいな、スッキリはするけど面白みのないやつ〉

〈《ユキカゼ》ぐふっ〉

〈なんか全体攻撃の流れ弾食らってるやつおるぞw〉

〈《ＡＲＡＧＡＭＩ》世迷言葉にスマートな撃破は似合わない。これで終わりなのか……？　おい〉

〈本音出てて草〉

〈助かったのか、とか心配の前に呆気なさについて不満漏らすこのクズたち〉

〈うーん、安定の民度の低さw〉

〈かなり勢いよく落ちたけど、まあこいつなら〉

〈頭から突っ込んで足出たまま動かんぞこいつw〉

〈マジで危ないパターン？〉

〈確かにかなりのスピードで落ちたからな……〉

「チ　ン　ア　ナ　ゴ　ッ　！」


〈心配して損した〉

〈一回逝ってこいよ、マジで〉

〈草〉

〈見えるけどもｗｗｗ〉

かなり色々痛いけどね。

雪が柔らかかったお陰で、頭から落ちたのにそこまで大きな怪我《けが》は無さそう。

早く出ないと白い雪が真っ赤になりそうだけど。

「よいしょ、よいしょ。脱出！」

何とか脱出した僕だけれど、右手はひしゃげ、左足は《一魂集中》の副次的効果……ごめん、インテリぶった。デメリットでサックリ消滅してる。

「《一魂集中》って、使った腕が消えるわけじゃないんだ。確かにランダムとか言ってたしね」

〈グロい〉

〈何でおめーは平然としてんだよｗ〉

〈世迷だから〉

〈着々と人間らしさを失う男〉

〈(人間らしさを失ったらどうなるんですか)〉

〈(世迷言葉になります)〉

〈元から人間じゃない定期〉

コメントでどうせ色々言われてるんだろうなと思いつつ、サクッとポーションで回復。うーん、安定の回復力。

「────ん？」

回復してようやく気づいた。

「そういえば、亀くんの頭消した時に、確か血が全く出てなかった……？　それどころかうんともすんとも言わなかったし」

僕は脳内で先ほどの戦いを想起する。

本当に記憶分野が腐ってるのか、所々しか憶えてないけれど、確実に言えることがある。

「亀くん、今まで一度も鳴き声すら発してない……？」

僕はバッとスマホを取り出し、コメントを確認する。僕の言ってることの何割が合っているのか。

〈確かに〉

〈言われてみればそうだな〉

〈《ＡＲＡＧＡＭＩ》間違いない。元々亀には声帯が無い。鳴かなくとも不自然ではないが、今まで感情という感情が見られないのも深層のモンスターとしては謎が深まる。それに単純的な攻撃方法。圧倒的な破壊力があるか、と問われれば世迷言葉の一体も破壊できない不始末さ。どうもボスモンスターとしては不自然さがあるのは前述の通り間違いないだろう〉

《《Ｓｉｅｎｎａ》言われてみればそうね。全てのモンスターが鳴くわけではないわ。ゴーレム系統なんて鳴いた方が驚くし。でも、好戦的でないのが不自然よ。ダンジョンのモンスターは、人間という存在を排すために造られてると言っても過言ではないほどに好戦的よ。これに例外はない。人間と同等の知能を持つモンスターがいるなら別でしょうけど……〉

《《ユキカゼ》上二人に同じ。どんなに力の差があろうと、人間であれば向かってくるのがモンスター。亀からは、フィールドに侵入してきた人間を倒そうという積極的な意志は感じられない。視界に入ったのならば、仕方なく倒そう。そんな表情をしているように思えた〉

〈一体は草〉

〈残機扱いしてるやんけ〉

〈遂《つい》に世界2位までボロクソ言い始めた〉

〈多分、単にまだ終わりじゃねぇ、って思って興奮してるだけだぞ〉

〈人のピンチに興奮する性癖を持ってるとか業が深すぎだろ〉

〈一応お三方の真面目解説定期〉

僕は例のお三方の説明を読んで打ち震えた。

そんな……。

「ってことは亀くんは生きてる可能性があるってことだよね。……ん？　あれ、お三方の説明完璧に理解できたじゃん、僕！」

知能の発達⁉

今更成長してるんじゃない、僕‼

〈いや、単におめーが分かる単語をギリギリ選んで解説してるだけだぞ〉

〈人様の配慮を自分の手柄扱いするなよ〉

〈アホが黙れよ〉

〈コメントが容赦無さすぎてｗｗｗ〉

〈存在がギャグだからしゃーない〉

〈ツッコまれないと存在を保てないのか〉

「いや、そんな概念的な生物じゃないから。実体あるから」

僕はちゃんと人間だって、何回言えば分かるの？

それより、まだ終わりじゃないなら、どうして亀くんは頭を失ったまま微動だにしないんだろう。

「……うーん、ピタッて動きが停止してるね。僕の予想だと、第二形態的な感じでこう……変身！的なことになるのかと」

ゲームで魔王がよく第二形態になるけどさ、僕、毎回プレイしてて思うけど第一形態の方が厄介じゃない？

第二形態って体力と攻撃に全振りしてるから、そこさえ何とかできれば余裕で倒せるんだよね。

〈不覚ながら俺もそう思った〉

〈《ＡＲＡＧＡＭＩ》それはそれで面白いと思うが、些《いささ》かテンプレが過ぎて展開としては飽きる〉

〈《Ｓｉｅｎｎａ》珍しいモノに期待してんなら、世迷言葉を拉致って24時間観察してたら？〉

〈《ＡＲＡＧＡＭＩ》それはそれでアリだな……〉

〈ヤンデレみたいことしないでもろて〉

〈ニコニコしながら観察してんだろうな……〉

〈もうダンジョンが世迷を拉致ってんのよ〉

〈多分飽きて放牧し始めんぞ〉

〈人間扱い完全に辞めさせられてて草〉

「一部層が喜びそうなことするのやめてよ」

ただでさえ僕と同じ枠に入りそうなアラガミさんなんだから、それ以上やらかしたら完全に僕になっちゃうよ。

「とにかく、一応近づいてみようかな」

僕はそう言って歩――こうとして転んだ。

「あ痛っ、そうだ、左足消えてたんだった」

今までは腕だったから何とかなったけど、足が消えるのは歩くのに支障来《きた》すから危険だねぇ。

どうしようと、思った時に、最近入ったショップのことを思い出した。

「松葉杖《まつばづえ》召喚!!」

僕は早速松葉杖を使って――転んだ。

「使えねっ！」

ぶん投げた。

〈草〉

〈草〉

〈雪中で使えるわけねーだろ〉

〈アホか？〉

〈アホだよ〉

アホだよ。

「雪のフィールドで松葉杖とか正気かな？」

〈使う前に気づけよ〉

〈意気揚々と取り出したお前が正気じゃねぇんだわｗ〉

〈道具のせいにするな〉

「そうだよ、わかってるよ。道具は使い方次第で色んなことができる。でもね？　今。今！　必要なんだよ」

同じ道具でも使い方と使い手で性能が変わるってのは知ってる。

この場合、使い手側に問題がありそうだけど。おっと、久しぶりの自虐じゃない？

存在自体がもう自虐のようなものだから大して気にしてないけどね。恥の多い生涯を現在進行形で送ってるし。

「一本の松葉杖を杖代わりにして歩いてみようかな」

僕は一本の松葉杖を両手で持つ。

何とか立ち上がると、それを杖にして歩き始めた。

もちろん、鈍足の歩みではあるけど、転んで進まないよりはマシだと思う。ちなみに抱えるように松葉杖を持ってるから、スマホは一応見られる。

〈珍しく真面目な顔で頑張ってんな〉

〈おめーのいつもの笑顔はどうした〉

〈ほら、笑えよ〉

〈リスナーも頭おかしくなってきてて草〉

僕はニコリ……ではなく、ニヤリと笑った。

〈悪役の笑顔なんよ〉

〈裏切った元味方の愉悦顔なんよ〉

〈三日月型の笑みとかリアルでできるやついるんかw〉

〈純粋さをお腹《なか》の中に忘れてきたんか？〉

〈キモいんよ〉

〈単純な罵倒で草〉

「笑っただけなのに酷《ひど》い」

確かにニヤリって顔だったかもしれないけど、普通の顔立ちの僕が悪そうな顔しても悪役には見えないでしょ。

顔って使いすぎた。

ともかく、僕にはそれを否定できるエピソードがある。

「亀くんのとこまで少し距離があるから話すんだけど、小学生の時の僕って、あんまり笑わなかったんだよね」

〈お、そうか〉

〈急にどうした〉

〈《ARAGAMI》誰かと入れ替わってたのか?〉

〈人格否定してて草〉

〈そりゃ小学生の時と今とが性格違うこともあるだろw〉

「まあ、良いから聞いててよ。笑わなかった僕だけど、別に友達がいないとかじゃなくて、単に感情を表に出すことが苦手だったんだよね。でも、そんなの周りに伝わるわけないし、笑ってよとか俺の話面白くないの? とか無邪気な顔で言われるわけ」

内心爆笑したり嘲笑したり苦笑したりしてたんだよ。

感情がなかったわけでもなくて、本当に表に出すことが苦手だっただけ。それで笑えって言われても難しいものは難しい。

〈なるほどな〉

〈分からなくもない〉

〈お前にもそういう過去があったのか〉

〈少しは認識を改めなければな〉

お、風向きが良い！

これは僕の評価を上げるチャンスなんじゃない？

「ある日、いい加減笑え笑え煩《うるさ》いもんだから、僕はそこで初めて人前で笑ったんだ。ちょうど今さっき君たちにしたみたいな顔でね。そうしたら、友達は全員僕の顔を見て笑ってくれたんだよ。少し表情硬かった子もいたり、嬉《うれ》しさからか泣いてた子もいたけどね」

〈いや、それ単に気持ち悪くて引いてただけや〉

〈苦笑されてて草〉

〈小学生に苦笑されるってなかなかやぞw〉

〈顔引《ひ》き攣《つ》っとるやんけ〉

〈気持ち悪くて泣いてるんよ〉

〈おめーの勘違いじゃボケ〉

〈思い出を無理に美化させるのよくないです〉

〈《Ｓｉｅｎｎａ》鋼超えてオリハルコンメンタル〉

〈《ユキカゼ》分かる〉

〈分かられちゃったよ〉

〈似た者同士で草〉

「ふぅ。ユキカゼさんなら分かってくれると思ったよ。僕は都合の悪い情報をシャットダウンする能力を持ってるから、生憎《あいにく》君たちのコメントは読めないんだ。あー、残念」

〈なんだこいつウザいなw〉

〈結局何の話だったんだ……〉

〈自虐では……？〉

「まあ、そんな僕のエピソードはさておき……。亀くんがまだ生きてるとして、もしかしたら変身過程の可能性もあるよね。今、エネルギー消費してますよー、みたいな」

なんか足一本消《き》え失《う》せてからやけに頭が回るかも。こんな考察普段の僕だったらできない。

〈なんか賢くなってね？〉

〈賢い世迷とか解釈不一致かも〉

〈《ＡＲＡＧＡＭＩ》あぁ、なるほど。国際スキル学会で、起死回生のスキルが思考能力にも影響する、って言っていた研究者がいたはずだ。つまり君は、傷つけば傷つくほど頭が良くなるということだ。良かったじゃないか（笑）〉

〈思っきり馬鹿にしてて草〉

〈行動範囲失うだけ、頭が良くなっても意味なくね？ｗ〉

「そんな効果が」

攻撃力が上がる、って書いてたはずだけど、なんで思考能力にも影響してるんだろ。まあ、恩恵があるならそれに乗っかるだけだよね。

あれ、でも待てよ……？

「ふむ、テストの前とかに使えそう」

〈メリットとデメリットが釣り合ってねぇよｗ〉

〈アホの発想だな。思考能力変わんねぇじゃねぇか〉

〈どんなカオスな状況だよｗｗｗ〉

《《Ｓ·ｉｅｎｎａ》》それは、単純に、ヤバい〉

「そっかぁ……。良い発想だと思ったんだけどなぁ」

友達もビックリさせちゃうし、少しは自重しないとダメか。シエンナさんにも引かれたし。

「――と、着いたね」

そんな話をしていると、亀くんのいる場所に着いた。

上を見上げると、僕が落とした首の断面が見える。

血はなく、キュウリの断面みたいな感じになってた。僕のたとえる能力がカスだからこれで理解して欲しいんだけど。

「うーん、立ったまま動いてないし、明らかにレベルが上がった感じもないなぁ」

〈どういう状況なんだこれ〉

〈亀のスキルか何かか？〉

〈鑑定してみれば？〉

鑑定、か。

確かに何か変化が起こってる可能性もあるかも。

「《鑑定》」

＊＊＊
《ユニークボス個体》
種族　亀
Lv．１２００
＊＊＊

「今鑑定してみたんだけど、何も変わってなかった。さっきのままだね。……どういうこと？」

いや、本当に分からない。

攻撃してこない理由も、そもそも種族が亀ってなんだよ。ずっとツッコんでる気がするけど、これはこれでおかしい。

〈《ＡＲＡＧＡＭＩ》近くに転移魔法陣が出現していないことからも、死んでいないことは確実と言っても良いだろう。ただ、そのレベルのモンスターでネームド個体ではないのが些か不思議だ〉

〈《Ｓｉｅｎｎａ》階層って深くなればなるほど、神話由来のモンスターとかが何かの目的意志に添ったカタチで出現するから、ネームドモンスターがほとんどなのよ。例の狼《おおかみ》みたいな感じね。二位はそれを不思議がってるのよ〉

〈《ユキカゼ》鑑定できてるってことは生物の判定だから生きてる〉

〈補足説明くれるとか優しいな〉

〈優しくなった、というより世迷の異常性に慣れただけなのかもしれねぇｗ〉

〈草〉

「確かに。ただの亀、っていうのもおかしな話だし」

どうなってるんだろう、と僕は亀くんの太い足に触れた。

ザラザラした爬虫類《はちゅうるい》の感触を手のひらで感じていると、

――――突如亀くんが光り輝き始めた。

「目がァァ!!」

僕はあまりの眩しさに、転びながら目を覆う。

〈やめーや〉

〈その仕草と口調はアウトなんよ〉

〈いや、眩《まぶ》しいのは分かるけどもｗ〉

至近距離で光を浴びたからか、脳が痛くて視界がチカチカしてどうも目が利かない。

何が起きたのかサッパリなんだけども!!

「いったい何が……」

光が引いていくのを感じるけれど、視界不良からはまだまだ回復しない。脳内に星が瞬く……とか格好いいから一度言ってみたかったんだけどダメかな?

あ、ダメだ。自分の無様を格好いい（自称）ように言ってるだけ（自傷）じゃん。

少し経《た》って、ようやく視界が回復した僕は、急いで辺りを見回す。

松葉杖と落ちたスマホを手に取り、前方を見ると、

――そこには頭に王冠を載せている、一際大きなスノラビくんがいた。

「か、《鑑定》」

僕は咄嗟《とっさ》に《鑑定》を発動させた。

＊＊＊

《ネームドユニークボス個体》

名前　カ・フカ

種族　トランスフォームスノーラビット

Ｌｖ．　１２００

＊＊＊

「とらんすふぉーむすのーらびっと？」

〈亀に変化してたってことか？〉

〈なるほどな〉

《ＡＲＡＧＡＭＩ》隠蔽スキルでステータスを改竄《かいざん》していたのだろう。それと、変化系統は多大な力を消費するため、ジッと回復していたのだろう。変化の解除方法は、恐らく一定時間の接触。本体を叩《たた》くには今がチャンスだ〉

〈はえー、そうなんか〉

はえー、そうなんか。

つまり、僕の《一魂集中》みたいに変化にデメリットがあるってことでしょ？　それで、今ちょうどデメリットを払ってる最中だから、そこを叩けばいける的な。

確かに目の前のデカいスノラビくんは、目を閉じジッと何かを待っているような体勢で、どう見ても無防備。

僕が《一魂集中》をその顔面に叩き込めば、一発で倒せるに違いない。

「……うーん、無防備な相手を倒すのは、やっぱり性に合わないなぁ」

〈そんなこと言ってる場合ちゃうやろ〉

〈階層ボスなんだから倒さないと進めんぞｗ〉

〈変に慈悲深いくせに容赦ないのなんなんｗ〉

〈あくしろよ〉

まあ、そうだよね。

倒すか倒さないかの二択だったら、倒す以外の選択肢はあり得ない。僕の帰還のため。

「君には犠牲になってもらうことにしよう」

〈だからセリフが悪役定期〉

〈フラグなんだよなぁ……〉

〈アホが変に格好つけると大抵ろくでもないことが起きる〉

色々言われてるけど、この状況で何か起こり得ることはなくない？　いきなりデカいスノラビくんが復活するとかは正直ありそうだけど、それだけなら予測できるし。

僕は松葉杖で体を支えながらデカスノラビくんに近づく。亀くんの時には辛酸を舐めさせられたからね。

「じゃあね。《一魂――」

僕は拳を振りかぶる。

「ぎゅうっ‼」

スキルを発動させようとしたその瞬間、ジッとしていたデカスノラビくんが突如として牙を剝《む》いた。

「マジ⁉」

〈ここでか〉

〈グダグダしてるから……〉

〈ピンチ！〉

まずいまずい。起きるのは想定外だった。

今の僕は《一魂集中》のクールタイム中。片足じゃバランスが取れず、攻撃を躱《かわ》すことも難しい。しかも倒そうとしているから至近距離だし、このまま頭にかぶりつかれたらジ・エンド。

僕は慌てて《一魂集中》を発動させる準備をする。こうなったらカウンターしかない。デカスノラビくんが攻撃してきたタイミングで《一魂集中》を当てる。

「カウンター……したいけどバレてるね」

拳をかざすと、デカスノラビくんは距離を取って唸った。明らかに僕の狙いが分かってるような気がする。やっぱりボスモンスターだけあって知能は優れてるみたいだね。面倒！

「ウゥゥゥ……ッ！」

「へいっ、へいへいへーい、カモン！」

〈こいつは……ｗ〉

〈カウンターしたいのは分かるけど挑発がわざとらしすぎるだろｗ〉

〈ウザいなｗｗｗ〉

「ちぇっ、乗らないか」

意味を理解してないだけかもしれないけど、デカスノラビくんはその場から動かない。訪れる膠《こう》着《ちゃく》状態。

僕が動くかデカスノラビくんが動くか。

僕は状況的に動けない。デカスノラビくんは動けるには動けるけど、カウンターを全力で警戒している。

〈ぶっちゃけカウンターって成功するん？〉

〈例の技とかスカしたら終わりだしな〉

〈《ARAGAMI》分からないな……。カウンターでの勝率は世迷言葉に傾く……が、それを理解しているボスがどう動くか。それ次第で変わるだろう〉

〈《Sienna》カウンターは得策よ。けれど、外さないことが条件にある以上、当然難易度は上がるわ〉

〈《ユキカゼ》カウンターは相手の一挙手一投足を見る。絶対に目を離したらダメ〉

チラッとコメントのアドバイスを確認する。

なるほどね……コメントに集中した途端にアウト！　って感じかな。

僕はデカスノラビくんから目を離さない。当然あっちも僕から目を離さない。あらやだ見つめ合ってる、キュンッとしちゃうかも。まあ、僕の心臓が危機的状況にギュンギュンしてるだけだけど。

「へいへいバッタービビってるぅ！」

「キャウ」

「ごめんて」

〈謝るんかいｗ〉

〈何を四天王〉

〈状況が進まんな〉

〈わりと世迷、ピンチの巻なのでは？〉

　そうだよ。

　そうこうしてるうちに《一魂集中》のクールタイムが終わる可能性もあるけど、そこまで待ってくれるとは思えないし、もし待ってくれたとしたら、それだけ時間を使って考えてるってことだと思うんだ。

　時間があっても何も思いつかない僕とは違って頭良さそうだし、何かの作戦を思いついて行動に移される……かもしれない。知らんけど。

「僕から仕掛ける？　待つの無理かも。寒い」

〈堪《こら》え性《しょう》無さすぎるやろｗ〉

〈それくらい待てぃ〉

〈まあ、時間置いて不利になるのは世迷だけど、世迷から仕掛けるのも不利という〉

〈詰んでて草〉

「話をしよう。デカスノラビくん」

「ぎゅあっ!!」

「ダメらしい」

秒で鳴かれた。思いっきり怒ってますよオーラ全開だし、良いですよの鳴き声じゃなさそうだねえ。

「僕に何の恨みがあるのさ‼」

〈いやあるだろ〉

〈むしろ恨みしかねぇよ〉

〈自分の行動思い出して？〉

〈鳥頭定期〉

えー、別にデカスノラビくんのことは攻撃してないんだし許して欲しい。ただデカスノラビくんが変身した亀くんを倒しただけで、当の本人は全然元気だし。

対して僕は色々と亀くんに重傷を負わされたわけだから、恨みの比重的には僕が恨むべきじゃない？

——全然恨んでないけども。

「分かったよ」

僕は徐《おもむ》ろに自分の右手をデカスノラビくんの方に向ける。

「きゅあ⁉」

驚いて後ずさるデカスノラビくんに、僕は菩薩《ぼさつ》のように優しい微笑《ほほえ》みを浮かべて言った。

「——ほら、オヤツあげるから。許して」

〈オ　ヤ　ツ〉

〈自分の腕をオヤツ扱いするのやべぇだろw〉

〈食ってる間に本体も食われる定期〉

〈《Sienna》何を四天王？〉

〈あの6位ですら例の語録でツッコんでるぞ〉

〈さすがに草〉

〈でもこいつを食った奴、軒並み討伐されてるからな……〉

〈特級呪物じゃねぇか〉

「僕の体のことを呪い扱いするのやめてくれない⁉」

いや、食ったんだからただの因果応報だと思うんだ。食ったからには倒す。ほら、自然の摂理的な？　弱肉強食？　あれ、僕デフォで弱肉なんだけど。

「というかオヤツいらないかぁ」

どうやら更に警戒させただけになった。

ビビリだなぁ。わざわざデカい生物に変身してたし、本体は僕のように紙防御かもしれない。じゃなきゃ多分反撃されること前提で攻撃してくるだろうし。

この僕の予想が当たっていたら、やっぱり《一魂集中》を当てさえすれば倒せるんだと思う。

……よし、やるか。

「倒そう。このままじゃ僕の方が不利になるし、動いてないこの状況は——非常に地味っ！　配信映えしないっ！」

このままだと飽きてリスナーが離れていっちゃう可能性もある。それは良くない！

僕は動く覚悟をした。僕が動けばデカスノラビくんも動くはず。何とかカスみたいな身体能力と動体視力？　で避けて、《一魂集中》を叩き込む。ぶっちゃけ成功率は低いと思うけど、そんなの気にしてたら倒せないよね、って話。

〈配信映えを意識するなよｗ〉

〈自分の安全よりも配信映えを意識する男〉

〈一瞬見習っても良いように感じるけど見習ったらダメなんだよなぁ……〉

〈《ＡＲＡＧＡＭＩ》それでこそ世迷言葉だ〉

〈ワクワクしてる奴はいるんだよなｗ〉

〈《ユキカゼ》こっちから攻撃するなら、とにかく不意を突く。突然の出来事があれば良い〉

「ユキカゼさん、ありがとうございます！」

不意、不意かぁ。

難しいけど、突拍子もないことをするのは多分得意。

何か簡単に誰もが放心するような素晴らしい出来事が起こらないかなぁ……。


――そんなことを考えたからか。

不意にシャ――――と何かが滑り落ちてくる音が聞こえた。そう、まるでスキーを滑っているような。
僕のちょうど左から聞こえる。
僕は慌てて左側の雪山を見て――目を疑った。
「……………え？」
――スノラビくんが中華鍋に乗って滑ってる。
当然僕も不意を突かれたよね。

5. やったね！　色々動いてるよ！

「――――え？」

正直、自分でも何を言ったら良《い》いとかが分からない。

それくらいに目を疑う出来事だし……なにこれ本当に。どういうこと？　意味も分からないし、この状況をどう自分の頭の中で整理して良いものかも何もかも分からない。

僕とデカスノラビくんが呆《ほう》けてる間にも、中華鍋にライドしたスノラビくんはグングン雪山を下ってくる。

てっきり、僕の方に来るかと思いきや、その矛先はボケーッと中華鍋にライドしたスノラビくんを見ているデカスノラビくんだった。

とりあえず何か言わなきゃ。配信者としての使命感で、僕は叫んだ。

「――おおっと！　スノラビ選手！　雪山を下る、下る、下る！　猛烈な勢いで同族に向かって行くぅ!!」

〈俺たちが呆けてる間に実況してるバカがいる〉

〈てっきり恨みのある世迷《よまい》の方に行くって思ったわｗ〉

〈そもそも未《いま》だに中華鍋にスノーラビットが乗ってる現実を受け入れられない件について〉

〈ナニコレ感ｗ〉

僕も受け入れられない。

理由なんか考えてもキリがないし、もう思考放棄してあるがままの現実を実況する方が楽なんだよね。

「君たちも一緒に思考放棄しない？」

〈実況が思考放棄って分かってるんかいｗ〉

〈おめーにはなりたくないから嫌だ〉

《ＡＲＡＧＡＭＩ》主人に変わって秘書がお伝えします。ただいま、ＡＲＡＧＡＭＩは床にのたうち回って爆笑しているため、今しばらくコメントができない状況となっています。ご理解いただけますと幸いです〉

〈草ァｗｗｗ〉

〈相変わらずの世界二位〉

〈これぞ二位クオリティ〉

〈概念想像の儀（part2)〉

《Ｓｉｅｎｎａ》これは笑わない方が失礼だわ〉

《ユキカゼ》

〈空コメントは草〉

笑わざるを得ないと思うんだ。

僕の場合は、自分の身に起こったことだから爆笑はできないんだけどね。

アラガミさんに関してはいつも通りとしか言いようがない。あと、秘書さんはキッチリ借金を取り立ててあげれば良いと思う。

　コメントに心の中で反応しつつ、僕は実況を続ける。

「もうすぐ到着だ、スノーラビット！　ちょこんと座っているスノーラビット！　驚いて固まっているデカスノラビくんに向かっている！　卑怯《ひきょう》だ！　卑怯だぞ！」

〈おま言う〉

〈どの口が言うとんねんw〉

〈ブーメランが高速で突き刺さってる〉

〈中華鍋onスノラビがシュールすぎるw〉

　コメントを確認しながらスノラビくんを見ると、猛スピードで雪山を下り、もう数秒でデカスノラビくんにぶつかる時がやってきた。

　僕の実況にも熱がこもる。

「今、衝突だ‼　もうすぐ！　もうすぐ！　もうす――――うわ、グロ」

〈草〉

〈うわ、グロは草〉

〈いや、シュールすぎだろ〉

〈スパーンといったなw〉

〈《Sienna》草〉

スノラビくんの乗った中華鍋は、高速でデカスノラビくんの首に衝突し、勢いそのままに首を刎《は》ねた。

僕の四肢チェックも傍《はた》から見たらこんな感じなのかな、とか思いつつ、デカスノラビくんは血を噴き上げると少しして死体が消えた。

後に残るのは、悠然と佇《たたず》むスノラビくんと拳大の黄色の魔石。それと何かのドロップアイテム。

「モンスターが魔石になる瞬間を地味に初めて見た」

〈確かに、スライムは素手で体内の魔石砕いてたから、魔石は残らんし、ボックスくんはマグマに沈めてたし、狼《おおかみ》くんは爆発で自分ごと吹っ飛んだし、最初のスノラビくんは消し飛ばされたし〉

〈スライムの次から倒してるモンスターがエグい〉

〈倒し方邪道すぎて草〉

……さて、どうしよう。

中華鍋の上で毛づくろいまでするスノラビくんは、怒りや敵意を見せることもなく、落ち着いた様子で終始余裕そうだ。

「間違いなく前に中華鍋で轢《ひ》いたスノラビくん、だよね」

じゃなきゃ中華鍋の出処の説明がつかないし。

でも、なんであんなに怒ってたのに、今は落ち着いてるんだ。分からない。

〈復讐《ふくしゅう》一択だろｗ〉

〈わざわざ恨みのある中華鍋で同族を殺すとか皮肉が利いてるなｗ〉

〈余裕が……世迷にはない余裕があるぞ……!!〉

〈世迷にあるのは虚勢だけだからな〉

〈どう足掻《あが》いてもリベンジしか理由がないわなｗ〉

「げ、元気？」

一応話しかけてみた。

正直、四肢は三本あるし、隙を突くことができれば倒すことも可能かもしれない。

――なんてことを考えていると、眼前のスノラビくんがパァッと光り輝き始めた。

「なに⁉」

今度は目を焼くような輝きではなく、直視はできないけど周りにあんまり影響を与えない感じ。

どうでも良いけど何が起きたわけ？

〈次から次へと急展開だなおいｗ〉

〈スノラビくんが光り始めた〉

〈※中華鍋に乗ったままです〉

〈シュールで草〉

光はすぐに収まった。

僕は意を決して目を押さえていた手を外し、目の前を見る。

「あれいない――――あ」

目の前にはスノラビくんの姿が見えなかった。

中華鍋ごと姿を消したスノラビくんに首を傾《かし》げていると、不意に頭に衝撃が走って——

——視界が真っ黒に染まった。

〈え、え、ええ……？〉
〈ええ……？〉
〈はぁ？〉
〈《タケシ》え〉
〈《ARAGAMI》ふむ〉
〈《Sienna》あー〉
〈《ユキカゼ》なるほど〉
〈タケシ誰やねん〉

＊＊＊

ニンゲンを殺せ。
脳に植え付けられた殺意の塊は、視認した人間を殺すまで止まらない。真っ赤に染まった脳内が、殺意の奔流が行動全てを支配する。

生まれた時より、自由はなかった。

薄ぼんやりとした自意識に、明確な自我はきっとない。

いつか人間を殺し、人間に殺されるまで。

ずっと雪原の中で過ごすと思っていた。


――一度目は視覚外からの途轍《とてつ》もない衝撃。


満面の笑みを浮かべた人間が乗っている黒い板に吹き飛ばされた時、自意識……植え付けられた殺意の塊がほんのり薄れたのを感じた。

靄《もや》がかかっていた脳内がほんの少しだけ晴れた。

だが、塗り固められた殺意は消えず、良いようにしてやられた人間への殺意が高まった。

目覚めかけた自意識は、芽が出ることはなく殺意に染まった。


――二度目は脳に響くほどの不快な衝撃。


再び見《まみ》えた人間により、黒い板に閉じ込められて謎の攻撃を食らった。

殺意を忘れさせる程の不快さと脳に響く衝撃の中、死ぬことも許されずに永遠とも思われる時間を過ごした。

——そして次に目覚めた時。

殺意は晴れ、明確な自我を獲得することに成功した。

思い通りに動く体に感動を覚えつつ、今のままでは何を成すこともできないと理解していた。

弱い。この身は攻撃に転じれば、どんなに固い装甲でも噛《か》み砕《くだ》く自信があったが、防御は脆弱《ぜいじゃく》の一言に尽きる。

弱点も多い。

素早さと攻撃力頼りでは、この先を生き抜くことなどできないし、あの人間にまた良いようにされるのは御免だ。

ゆえに、何をすべきかは自《おの》ずと理解していた。この場所を支配する臆病者の同族。

奴《やつ》を殺し、糧とする。

しかし、完璧に殺し尽くすには攻撃力が足りていない。

腐っても支配者。その防御と能力は厄介だ。

その時ふと目に映ったのが、自分を閉じ込めていた忌々しい黒い板。憎いことに耐久性はこの身をもって証明している。

人間はこの板に乗って移動していた。

速度と威力はもう少し距離があれば真っ二つになっていたのではないか、と思えるほどだ。

ゆえに、真似《まね》は癪《しゃく》だが、奴を殺すにはこれしかない。

場所は優れた鼻があれば分かる。

黒い板の突き出ている部分を咥《くわ》えて雪の中を引《ひ》き摺《ず》る。幸い距離はさほど離れていない。

思考し、自らの意志で行動している。

その喜びに勝るものはない。憎い板がなんだ。自我の芽生えの前では気にもならない。

そうして一際標高の高い雪山の山頂にやってきた。

この目に映る人間と、臆病者の同族。

……一瞬どちらを標的にするか迷ったが、目的を見失うことなく、黒い板に乗り、雪山を下る。

そのまま同族の首をあっさりと刎ねた後、訪れる進化の時を待つ。

例の人間が自分のことを見つめる中、進化は完了する。

新たな力を次なる場所で――。


――その前にムカつくからキモい人間殴る。

――《中華鍋召喚》。


人間を殴り倒した後、新たに得た力を使用する。

憎い黒い板と同じ材質を利用した黒色の鎧《よろい》。

これで防御面は心配ない。

それはそうと……。

「殺しはしない。自我の目覚めに貴様は必要だった。でもいつか絶対殺す。生理的になんか受け付けないし」

そう言い残した後、同族を殺し出現した魔法陣の上に乗る。

次なる場所で力を得るために。

＊＊＊

「社長。バンバン苦情届いてますよ。見苦しいもん映すな、って大騒ぎですわ」

「だろうな。批判は織り込み済みだ。言わせておけば良い。どうせ協会の老害共が手を回しているだけだろうしな」

シニカルに笑う男は、部下からの報告に呆《あき》れ顔《がお》で返す。

敬う気のない部下の態度と、相変わらず辟易《へきえき》する程に己の邪魔をするダンジョン協会の上役たち。

白髪の混じってきた野暮な髪を弄《いじ》りつつ、男はため息を吐いた。

日本テレビダンジョンズ。通称ＮＴＤの代表取締役《だいひょうとりしまりやく》である男……夜張冬樹《やばりふゆき》は、世迷言葉《ことは》の配信を地上波で流そうと強行した張本人でもある。

幾らダンジョン配信の影響によってコンプライアンス意識が多少緩和しようと、やっていることは未成年の実名実写ドキュメンタリー（死）。

ＰＴＡやその他諸々《たもろもろ》から苦情が来るのは当然である。

「いやー、面白いっスね！　普段自分たちだって、人の生き死に見て喜んでるカスのくせして、責める大義名分を得た瞬間に手のひら返すんスから。人間って浅ましー」

ケタケタ笑う金髪の男に夜張は、緊張感のない部下だと嘆息しつつも、苦情処理の大部分を任せていることに一抹の申し訳無さを覚えていた。

この金髪、仕事でだけは有能なのだ。

それもクレーム対応させれば右に出る者はいないと言えるほどに。

この場でこそ取り繕っていない彼だが、彼の外面《そとづら》は超合金の強化外骨格だ。

雑務のエースである彼だからこそ、夜張は軽い口調に文句を言うこともなく信頼している。

「……そうは言ってやるな。普段は慈善事業を謳《うた》ってやってるんだ。いきなり地上波でスプラッタあたおか配信を流し始めたら責められるのも無理はないだろ」

「それについては世迷が世迷ってるのが悪いと思うんスけどね～。まさか社長も世迷がこんなイカれてる奴とは思わなかったでしょ！　というか、アホの思考回路を予想しようだなんて事が馬鹿げていたんス」

「まあ、それは言えてるがな。とはいえ、十分と言える程に視聴率だとか広告費を稼がせてもらってるから文句は言えないが」

ハァ、と二人揃《そろ》ってため息を吐く。

この会話から分かる通り、初めはここまで苦情が届くとは予想していなかった。

世迷言葉のことは不運な少年だとは思いつつも、明るいキャラクター含めてテレビ受けすると予想したから、地上波で流すことを強行した。穏健派とも言われていた夜張が、批判を織り込み済みで強行した理由は、単に金になると思ったからである。

ドデカく稼げるタイミングで、地位と名誉をドブに捨てることを画策していたのは間違いない。

そして、その目論見《もくろみ》通り……いや、目論見以上に金を稼ぐことができたのは幸運だっただろう。

ただ――――

――思ったより世迷言葉がぶっ壊れていたことによる後処理に追われていることを除けば、だが。


世迷言葉の異常性は、一度でも彼のピンチを見れば明らかである。

間違いなく普通の人間の思考回路をしていない。

独特なキャラは人気を呼ぶこともある……が、常軌を逸している場合は別である。

「でもまあ仕方ないっスよね」

金髪の男は笑った。

諦めと微《かす》かな憧憬の混じる微笑《ほほえ》み。

夜張も全く同じ表情で笑っていた。

「「ファンになっちまったからには」」

顔を見合わせてフッ、と笑う。

想《おも》いは同じ。

そして――ただの諦めの境地である。

ぶっちゃけ、ファンであろうと何であろうと、仕事を増やした張本人だ。自業自得であっても、その責任の所在の一端を心の奥底で押し付けている。

『もう少し思慮深くなってもろて』

これが二人の願いである。無理だ。

「仕事するかぁ……」

「そっスね～。あ、そういえば近々ランキング上位者が色々と動くらしいっスよ？　世迷が落ちたダンジョンに、救助って名目で行くとか。ボクは資源狙いで国から命令されたんじゃないかと思うっスけどね～」

「あ？　そういう大事なことは先に言いやがれ！」

夜張はすみませんっス～、とヘラヘラ笑う金髪の男を一喝した。

そんなタレコミは寝耳に水であり、ニュース番組も運営しているＮＴＤにとっては、特大のネタ。

詳しく話を聞くべく、夜張は問うた。

「ランキング上位者か。誰が動くんだ？」

金髪の男は「えっと～」とニヤニヤしながら言った。

「アレン・ラスター、ユミナ・ラステル、シエンナ・カトラル。この三人っスね」

「全員世迷リスナーじゃねぇか!!」

＊＊＊

Allen Laster（ARAGAMI）

「さすがにそろそろ煩わしいな」

「本国からの暗殺依頼、でしたか？」

「まあね。なぜ私がドハマリしてる配信者を殺しに行かなければならない？　大手を振って応援してる私にそんな巫山戯《ふざけ》た頼み事をするなど正気の沙汰ではないだろう」

「では行かないと？」

「いや、行くが」

「は？」

張り詰めていた空気が一瞬にして解けた。

目を丸くする、スーツ姿の金髪ポニーテールの美女……ユミナ・ラステル。

彼女は私の方を訝《いぶか》しげに見る。

「やれやれ。君とはこれだけ長い付き合いなのに、ちっとも私のことを理解していない」

「バカの考えが分かるわけないじゃないですか」

酷《ひど》い物言いをする秘書。世迷言葉のリスナーみたいなことを言わないでくれないか。私はバカなわけではない。

感情を制御して押し隠すよりも、バカなフリをして全てを嘲笑《あざわら》う方が楽なのだと気がついただけだ。

「なぜ推しに会えるチャンスをふいにするというんだ？　折角本国から依頼、という名の免罪符を手にしたんだ。これを利用しない手はないだろう。それに期間を指定しなかった奴らが悪い」

「考え方が直結厨《ちょっけつちゅう》ですよ、それ。しかもいつの間に推しに変わったんですか。アナタの世迷言葉への愛情？　喜悦？　ともかくとして、抱えるクソデカ感情は異常だと思いますが」

私が世迷言葉へ抱いてる感情は、期待と興味と喜悦の三つほどだ。そこまで不真面目に享楽主義をしているわけでもないのだ。

これでも伊達《だて》に世界二位と呼ばれていない。

「失敬な。傾倒し過ぎて共に倒れ込むなど本末転倒だろう。私は程々に彼に入れ込んでいるに過ぎない」

「その結果が私への負債、ですか」

……どうせ給料日に大金が振り込まれる。前借りであって、確実に返せる保証があるのだから許して欲しいが。

秘書への借金。とてつもなく外聞の悪い行為ではあるが、彼女とて世界ランキング上位者。唸る程に金はある。

そんなことを考えつつ、まるで思考を読み取ったかのようにジト目で私を見る秘書に、口角の端を歪《ゆが》めることで答える。

「……ハァ。まあ、精々トラブルを起こさないことを祈ります。久しぶりのダンジョン探索でしょうし、頑張ってきてください」

……ふむ？

私は秘書の言葉に首を傾げる。

「何を他人事《ひとごと》みたいに言っている？　当然君も行くが？」

「はァ？」

「これを機に世迷言葉リスナーのオフ会を開こうと思う。君は当然強制参加だ」

今度こそ秘書の目から光が失われた。

諦めてくれたまえ。日本には一蓮托生《いちれんたくしょう》なる言葉があるだろう。それと同じだ。恐らく。

＊＊＊

Ｓｉｅｎｎａ Ｃａｔｔｒａｌｌ（Ｓｉｅｎｎａ）

「は？　何で私がオフ会に行かなきゃならないのよっ！　まるで世迷言葉のファンみたいじゃない！」

世界二位からのメールということで身構えていたのが馬鹿みたい。長ったらしいが、実態はただのオフ会への誘い。

暗殺依頼とかどうせあの馬鹿なら何とかする。

それを二位も分かっていて誘ってるフシがある。

「私が行くとでも思ってるのかしら。ハッ、世迷言葉のファンだと勘違いしてるなら二位も節穴ね」

私はただ彼のよく分からないアホみたいな……いや、実際ただのアホである奴の思考回路を何とか理解しようと試みてるだけに過ぎない。

好き好んで奴の配信を見て爆笑してる別ベクトルのアホとは訳が違う。

「それにオフ会と言っても、二位と秘書と私の三人だけじゃない。暗殺依頼の名目だからって戦力過剰も過ぎるでしょうに」

東京ダンジョンは、他国のダンジョンと比べて魔境だと耳にする。とは言っても、Sランクの探索者が三人もいれば片がつく。

問題は階層移動にかなりの時間を消費すること。

どれだけ早くても半年はかかる気がする。それだけ東京ダンジョンは広い。

「自国を放っておくわけにも……いや、問題ないわね」

私の国にはもう一人だけSランク探索者がいる。

奴に任せておけば万が一ダンジョン災害が起こっても問題なく片付けることができる。

「はぁ……。でも面倒だからパスね」

と、断りのメールを送ろうとした時だった。

タイミング良く二位からのメールがもう一通送られてきたのだ。

『秘書です。主人が報酬について明記していなかったので補足をさせていただきます。報酬は即金で九百億。貴方様《あなたさま》が欲しがっていた特S級の赤色魔石も差し上げます』

「……」

私はポチポチとスマホを操作する。

うーん、と背伸びをしてベッドに横たわる。

「べ、別に世迷言葉が気になるわけじゃないから！　報酬のためよ！　…………いや、本当に気になるわけじゃないわね」

誰に言うわけでもなく叫んだ私だったが、振り返ってよく考えてみれば会いたいという気持ちなど微塵《みじん》もなかった。

むしろ直接会ったら面倒なことになるのは確実。

「……だからと言って報酬に釣られてることが明白なのも癪だわ」

できればダンジョンに沈んでくれないかしら。あのアホ。

閉じ込められてても火種でしかないのに、出てきたら火種どころか確実に爆薬だ。

日本という国はすごいわね。あんな害しかないアホを生み出せるんだもの。

HENTAI文化の極み……。

「直接会えばまともとか……」

無いか。

6．やったね！　鉄に好かれるよ！

「なんだろう。階層ボスが消える度に気絶するのバグじゃないの？　何が起きたか全然分かってないけど」

僕は寒さに凍えながら起き上がる。

凍死してない、ってことはそこまで長い時間眠ってたわけじゃなさそうだけど。

〈バグじゃなくて仕様です〉
〈ピクリともしないから遂《つい》に死んだのかと〉
〈あ、起きた〉
〈草〉
〈仕様で気絶させられる人間〉
〈今回は凍死寸前だったしなw〉

「人の死に様で笑ってる君たちを見て安心する僕もなかなか終わってるかも」

主にいつもと変わってない、って点だけだけどね！

相変わらずリスナーはクズしかいない。

再三言ってる通り、まともな人は僕の配信を見ないけど。

「一先《ひとま》ず何が起きたわけ？　ほら、早く説明ぷりーず！」

〈何だこいつ起きた早々偉そうだな〉

〈そのまま氷像になってろ〉

〈見下される立場（物理的）で何見下してんの？〉

〈まあ、そら下層にいますからね……ｗ〉

「まともなアドバイスも寄越さないリスナーを敬うわけないじゃん。それならアラガミさんとかシエンナさんにへりくだるし」

〈ユキカゼは？〉

リスナーは何を言ってるんだろ。

僕は小首をかしげながら満面の笑みで言った。

「ユキカゼさんは崇拝対象だよ、何言ってるの。そんなことも分からないなんて君たちは全く……」

〈信者やんｗ〉

〈分かるわけないだろ常考〉

〈《ユキカゼ》ひぇ〉

〈崇拝されてる側が恐怖するの草〉

まあ、さすがに冗談だけどね。

崇拝というよりは、尊敬と感謝の念が強い。

ユキカゼさんの配信を見て探索者に憧れた節もあるし、退屈で仕方がなかった僕の日常を彩ったのは、間違いなくユキカゼさんの配信だ。

「さて、それよりも状況教えてくれない？」
幾ら着込んでるとはいえ寒いには寒い。
早く教えてくれないと凍死しちゃうよ？　君たちのせいになっちゃうよ？
《《ＡＲＡＧＡＭＩ》話が進まなさそうだから私が説明するよ。簡単に言えば、あのトランスフォームスノーラビットを倒したスノーラビットが進化し、君をぶん殴って気絶させた。世迷言葉《よまいことは》が気絶したために全身の姿を確認できなかったが……》
《簡潔に説明すんの上手《うま》くなっててワロタ》
《世界二位も成長するのか……》
《成長ってよりかは退化だろ》
「ふむふむ、なるほど？　進化なんてものがあるんだ」
魔物が進化する。
初耳だけど、こんな不思議にあふれるダンジョンじゃ何が起こってもおかしくないよね。
「じゃあ僕も進化する可能性がある、ってことだよね」
《ねーよ》
《どんな怪物が生まれるんだか》
《人間じゃない、って意味じゃ進化済みなんよ》
《説明したんだから早く先進め》
「相変わらず辛辣だなぁ」

僕はそうこぼしながら、前方に浮かぶ魔法陣に目を向ける。

そこで僕はあることに気づいた。

「あれ？　そういえば僕、ボス倒してないけど転移ポータル出るんだね」

実際にとどめを刺したのはスノラビくんのはず。

正式にパーティ登録をしている探索者は、パーティ内の一人がボスを倒せば転移ポータルが出る
……らしいけど、僕はご覧の通り永遠のソロプレイだし。

〈確かに〉

〈そういや何でだろ〉

《Ｓｉｅｎｎａ》少しはダメージを与えているから、共同討伐者として認められたんじゃないかしら？　知らんけど〉

〈適当で草〉

〈世迷感染《うつ》っとるやんけｗ〉

〈世迷って感染菌だったのか〉

「すぐさま人外扱いするのやめてくれない？　終始僕のことをさァ……何だっけ。何扱いしてたっけ。忘れたから良《い》いや」

〈だからそんなこと言われんだよ〉

〈いい加減扱いに慣れろ〉

〈色んな意味含んでて草〉

まあ、忘れたってことは大したことじゃないんだよね。喋《しゃべ》ってないでさっさと転移ポータルに入ろ、っと。

と、その前に。

「なんか転がってるドロップアイテム拾っておこうかな」

グルリと辺りを見回すと、拳大の黄色の魔石と虹色に光る飴《あめ》。更には真っ黒な石が埋め込まれたネックレスが落ちていた。

〈お前が倒したわけじゃないのにな〉

〈ハイエナ野郎で草〉

〈スカベンジャーやんけ〉

「だって、このまま放置するなんて無駄でしかないじゃん。なら僕が有効活用してあげた方がアイテムくんも喜ぶと思うんだ」

〈お前がアイテムを有効活用したことがあったか？〉

〈アイテム「来るなァァァァァァ‼」〉

〈ドロップした鎧《よろい》をマグマに投げ捨てたの憶《おぼ》えてるぞ〉

〈無駄とかｗｗｗ無駄なことしかしてないくせにｗｗｗ〉

〈いつにも増して口撃の火力高いなｗ〉

僕はリスナーのボロクソコメントを華麗に無視して、アイテム類を拾う。

〈《ＡＲＡＧＡＭＩ》岩の魔石か。あの大きさなら四十億円くらいか？〉

〈《Ｓｉｅｎｎａ》岩の魔石って、資源的に使える用途が少ないのよね。しょっぱ魔石とか。石が岩に変わっただけ、とか酷《ひど》く詰《なじ》られるのよ。あのクソ鑑定人が〉

〈漏れてる漏れてる、殺気漏れてる〉

〈それでも一生遊んで暮らせる額だけどなｗ〉

〈まあ、普段ドロップする魔石は爪先くらいの大きさしかないし〉

へぇ、意外に安いんだね。

懐に兆単位の物があるから感覚おかしいのかもしれないけど。これ、僕が脱出した瞬間に色んな人から金目当てで襲われそうな気がするんだけども。

「まあ、《アイテムボックス》にしまっておこ。問題は……コレだよね」

僕は虹色の飴を見つめる。

何で毎回見るからにレアっぽい外見にするわけ？

「こんな光ってたら食べたくなるじゃん」

〈それは分からんｗ〉

〈ゲーミング飴玉は食いたくねぇだろ〉

〈その感覚が常人と思いっきり違うんよｗ〉

「僕の勘が言ってるんだ。食べろ、ってね。正直この勘が当たったことは皆無に等しいけど僕は食べる。いただきます」

あ、美味《うま》し。

虹色のくせにブドウ味の飴なんだ。

「スキルの確認は後にして、次はこれ」

僕は見るからに怪しいネックレスを持ち上げる。

どこをどう見ても僕にはサッパリだし、モンスターを鑑定するだけの欠陥スキルしか持ってない僕には、まさしく宝の持ち腐れ。

「どんな効果あるか分かんないしこれも《アイテムボックス》行きだね」

〈なんかそのネックレス見てたら嫌な予感するんだよな〉

〈分かる〉

〈なんかやべぇ雰囲気っていうか〉

〈《ユキカゼ》でもどこかで使う予感がする〉

「ユキカゼさんもこう言ってるし放置しておくよ」

そして、僕は次にスキルを確認して――――


「じゃあ、次の階層へレッツゴー！」

出発前の確認は終えた。

僕は意気揚々と緑色のポータルに足を踏み入れる。

最早《もはや》三回目ともなる転移特有の視界がグニャってなる現象は、何回味わっても慣れる気がしない。

そんな現象をやり過ごすこと数十秒。

視界の先には——砂漠のフィールドに立ち塞がる巨大なピラミッドがあった。

＊＊＊

僕は迷うことなくピラミッドに入った。

中は一直線の通路で、壁際には松明《たいまつ》があった。視界の確保には困らなそうだね。

「へぇ、一階層以来の室内型ダンジョンだね」

〈でっっっっ〉

〈砂漠にピラミッドとはまたテンプレな〉

〈一階層の次が500階層だから当たり前だろ〉

〈ピラミッドって侵入対策の罠《わな》とかいっぱいあるって聞いたし、そういう罠系統の階層なんじゃね？〉

《ARAGAMI》マズイな……罠は脳筋では突破できないだろう。いつもの《一魂集中》では打破できない状況に陥る可能性が高い〉

〈罠には気をつけろよ〉

罠かぁ……。今まで罠という罠に引っ掛かったことは……あ、転移トラップがあった。まあ、それは自分から入ったしノーカンとして、まともな罠に出会ったことがない。

知っての通り新人講習は寝てたから、どんな種類の罠があって、どう回避するのかも当然知らないわけ。

それに――。

「逆に僕が罠に引っ掛からないと思う？」

〈思わないよなぁ〉

〈どんな奇跡が起きようと、必ず最後に世迷は引っ掛かる。これぞ信頼〉

「嫌な信頼だなぁ！　……まあ、僕も自分で引っ掛かると思ってるけど。僕のそそっかしさと浅慮さには定評があるからね」

〈自分で言ってて悲しくならないん？〉

〈全部事実だからな〉

〈悲しいと思える脳みそあったらこんな馬鹿げたことしてないだろ〉

確かに。

気になったことはすぐに手を出す質《たち》だから、多分絶望的にダンジョンに向いてないなぁ、とは結構高頻度で思ったりしてる。そんなの知らんけど。

「う――ん、今のところは罠のわの字も、モンスターのもの字もない。一本道だから何か来たらすぐ分かるし、もっとピラミッドってワクワクするものだと思ってたのに」

〈注※ここはダンジョンです〉

〈危険地帯にロマンを求めるなよw〉

「だってピラミッドだよ⁉　どっかの誰かの遺産が眠ってる的な！　お宝とか君たちだって一度は

夢見たでしょ」

映画とかでもピラミッドは鉄板ネタだし。

王の遺産を探してハラハラドキドキする大冒険を繰り広げる……みたいなさ。そういうのを僕は求めてるんだよ。

ハラハラドキドキ、危険に溢《あふ》れた――


――カチッ。

瞬間、僕の足が何かを踏んだ。

「アッ」

〈うーん、スイッチ〉

〈やっちまった、みたいな顔してるけどそりゃそうw〉

〈《ユキカゼ》やばい〉

うん、やばいかも。

僕も地味に焦ってる。

四百九十八階層の罠。人を殺すための悪意ある罠は、多分ゴリ押しじゃ乗り切れない。かと言って、絶対に死ぬわけじゃないとも僕は思う。

ダンジョンは悪意に塗《まみ》れてるし、こんなのあり⁉　みたいな出来事もいっぱいある。

けれど、確実に針の穴を通すような突破口は用意されてると思うんだ。狼《おおかみ》くんに飲ませた毒薬然りね。

　だから僕は、いつも通りに乗り切るだけ。

　――どこからか降ってきた棘《とげ》のついた巨大な鉄球を尻目に、僕は決意を固めた。

〈うわぁ、テンプレながらも結構危ないやつｗ〉

〈世迷、串刺しの未来〉

〈刺されながら笑ってそう〉

〈棘があるの悪意強めだな〉

　降ってきた鉄球は、予想通りに僕の方に転がってきた。

　……結構なスピードで。

「え⁉　思ったより速いんだけど‼‼　こういうのってギリギリ追いつかれないラインを攻めるスピードじゃないんですか‼‼」

〈だからダンジョンに何を求めてるんだよｗ〉

《ＡＲＡＧＡＭＩ》４９８階層の平均身体能力の速度なのかもしれないな〉

《Ｓｉｅｎｎａ》逆走のデメリットが出たわね〉

〈いや、メリットねーだろｗ〉

〈逆走は草〉

「うぉおおおおお‼‼」

僕はとにかく逃げた。

速い……速い……本当に速いね⁉

というか推進器とかも何もないのに、よくそんなスピードで転がれるよね‼　坂でもない平地なのに。

まあ、鉄球にジェットエンジンとか夢が壊れるからやめてほしいけどね。絵面がシュールだし。

「体力はポーションで回復‼　でも速すぎて意味ない‼」

もう追いつかれるギリギリまで鉄球は迫っていた。あんな棘がぶっ刺さったらどうなるかなんて結果は見えてるし、さすがに頭に刺さったら回復もできない。

それに棘よりも鉄球の質量に潰される方が多分被害は大きいし。

「どうしよう‼　いや、本当に‼」

〈……詰みじゃね？〉

〈いやでも世迷だし何とか……無理か〉

〈《ＡＲＡＧＡＭＩ》世迷言葉はこんな死に方はしない。確信を持って言えるだろう〉

〈《Ｓｉｅｎｎａ》まあ、同感ね。幾ら死ぬにしてもこんなつまらない死に方はしないわよ〉

〈《ユキカゼ》どどどうしよう〉

〈お前が一番動揺するんかいｗ〉

〈嫌な信頼だな、確かにｗ〉

コメントには頼れない。

走ることに集中しないと速度が落ちちゃう。

考えて、考えて、いつものように考える。

どんな視点でも良いから、突拍子もなくて意外性のある打開策。必死に頭を回して、僕はふと呟《つぶや》く。

「はぁはぁ……ずっと、気になってたことがあるんだ。はぁ……鉄球は丸で、通路の構造は四角。つまり、四方に死角があるんだよ。四角だけにね」

〈寒いわ〉

〈黙れよ〉

〈轢《ひ》かれろ〉

〈容赦なくて草〉

「おいチラッと見えたよ！　轢かれろって酷くない⁉」

まあ、良いか。

僕は続きを話す。

「棘があるせいで四方の幅は狭いけど、多分きっと何とかなる……ということで」

僕は後ろを振り返る。

鉄球が走る轟音《ごうおん》が頭に響き渡るほど近くまで迫っていて、作戦に移るには今しかないことを示していた。

もうちょっと……もうちょっと……今ッ‼

「ふんぬっ！！！」

僕は隙間の大きさを目で測ってから、道の端っこに身を寄せて鉄球を躱《かわ》しに行く。

躱せるかどうかは博打《ばくち》。でも、僕の人生なんて大抵行き当たりばったりの博打のようなものだし。

そしてこういう時の僕は——大体勝つ。

ヒヤリと冷や汗が流れる中、鉄球は僕の頭のすぐそこを通り過ぎていった。


「ふぅ……天才かも」

〈自惚《うぬぼ》れんな〉

〈まああの状況で咄嗟《とっさ》に行動に移せるのはすげぇと思うわ〉

《《ＡＲＡＧＡＭＩ》》やっぱりな。世迷言葉はこんなことじゃ死なない〉

《《Ｓｉｅｎｎａ》》ん？　ちょっと待ちなさい。鉄球またこっちに来てないかしら？〉

〈あ、マジじゃんｗｗｗ〉

「へ？」

コメントに目を移した僕は再び前を見据える。

通り過ぎたはずの鉄球は、一度静止してまた僕の方に猛スピードで向かってきた。

「追尾機能とかありなの⁉　嘘《うそ》でしょ⁉」

そういうのって重い物には許されないと思うんですよ！！！

「殺意‼　殺意がすごい‼」

〈草〉

〈殺《あや》めることに抜かり無いなｗ〉

〈あんな重いもんが一瞬でピタッて止まったのはすげぇｗ〉

〈これがダンジョンか……〉

〈《ユキカゼ》追尾するってことは、必ずどこかに状況を打破できるものがあるはず。躱しながら先に進むとか……〉

〈《Ｓｉｅｎｎａ》上に同じ。何かは分からないけれど、何かがあるはずよ〉

〈《ＡＲＡＧＡＭＩ》何かあるさ〉

「ユキカゼさん以外適当過ぎない⁉　その何かが重要なんだけど！」

思わず見たコメントは、ユキカゼさんの提案以外適当すぎるものだった。

……まあ、何がある分からない以上「何か」としか言いようがないと思うんだけどさ。

「でも、幾ら追尾してこようと、四角に死角があることに変わりないんだよね！」

〈それハマってんの？　おもろくないからやめたほうが良いと思う〉

「指示厨《しじちゅう》うるさい！」

〈草〉

〈お、コメント見る余裕が出てきたな〉

〈……あるか？　余裕〉

つまり、

けど、この程度のピンチなんて幾らでも乗り越えてきた。当たればアウトだから冷や汗は止まらない

少なくとも避ければ良いだけだから気が楽になった。

いや、ないけどさ！

〈（あるわけ）ないです〉

「――どんなことがあっても僕は動揺しないよ」

〈ホントかよ〉

〈いや割と毎回動揺してる希ガス〉

「はいはい……二回目ェェ‼」

僕は同じように鉄球を躱す。

一度やってしまえば後は簡単。そのまま前に進んで探索すれば良い。

「ははは」っ！　ワンパターンは僕には効かないよ！」

――ピタッと鉄球が静止した。

また追尾かな、と半ば嘲笑を浮かべた瞬間、何かが飛来して僕の太ももに刺さった。

――え、鉄球の棘飛んできたんですけど？

「それはちょっと聞いてないかも!!!!」

〈うっそやろｗｗｗ〉

〈そんなのありかよｗ〉

〈世迷が煽《あお》るから……〉

〈動揺してんじゃねぇかｗ〉

〈安定すぎるフラグ回収〉

〈痛みに動揺してないのが余りにも世迷すぎる〉

「ふんっ！　ポーション！」

グロいシーンは早々に撤去するが吉、ということで棘を抜いて……うわグロ……ポーションを即座に飲み干す。

その間に棘が飛んでくるかな、と思ったけどそんなことはなく、鉄球はその場に佇《たたず》んだままだった。

……僕が煽ったから煽り返してるのかな？　まあ、そんなわけないか。無機物だし。

〈ポーションを飲む動きが洗練されとる……〉

〈一連の動作が速すぎるだろｗ〉

〈まあいつも通りやな〉

「流石《さすが》ダンジョン。僕の予想を上回ってくる」

正直棘が飛んでくるとは思ってなかった。

いやそうでしょ。普通予測できなくない？

飛ばす物じゃなくて刺す物じゃん、あれ。いや、確かに僕の太ももは刺したけどさ。

違う、そうじゃない。

「やるね、鉄球くん……。でもそう来るならそうで僕にだってやり方があるんだ」

僕は高速でショップを開き、いつものように中華鍋くんを――。

「……あれ？　中華鍋くんが……無い⁉　ショップから消えてる！！？　何で⁉」

〈マジ⁉〉

〈クビになってて草〉

〈あー、終わったな〉

〈世迷最強の武器がｗ〉

《《ＡＲＡＧＡＭＩ》》おかしいな……ショップから消えることなんてないはずだが……。裏設定で購入制限のようなものがあるのかもしれないな》

そんな……。僕の相棒が……。

「よし、切り替えよう。無いものに縋《すが》っても仕方ないし」

〈切り替えが早いｗ〉

〈それでこそ世迷〉

どうして中華鍋くんが無くなったのかは知らない。ぶっちゃけ僕のメイン武器であり、メイン装甲である中華鍋くんが消えた影響は計り知れない。

でもね……いつまでも中華鍋くんに頼ってたら僕はきっと成長できない。それを見越したダンジョンの偉い人（？）が消したに違いない。知らんけど。本当に知らん。

「さァ……かかってこい!!」

僕はドッシリ構えて、鉄球くんと相対する。

僕の言葉がきっかけか、鉄球くんは再度棘を射出した……視界いっぱいに広がるほどに。

「いや来いとは言ったけど限度があるでしょうよ！！！」

〈遊ばれてるやんｗ〉

〈手加減無しで草〉

〈手加減しないのが普通なんだよなぁ〉

「やばい!!」

棘の速度は当然速い。

でもよく見たら避けられないほどではない。レベルアップで上がった身体能力と動体視力。特に動体視力の成長は顕著で、ゆっくり見える……ってわけじゃないけど、ギリギリ避けられるラインではある。

「――秘技、反復横跳び!!」

僕は目で追いながら反復横跳びをすることで、棘を綺麗《きれい》に捌《さば》いていく。

〈何やってんだこいつ〉

〈いつものアホだろ〉

〈なるほど納得〉

とは言っても量が多くて避けるのが難しい！

避けたところに棘が飛んでくる……みたいなのもあるし、僕の足りない脳みそじゃあ避けるルートの計算なんてできるわけもない。

うーん、仕方ない。

「ていっ、やぁっ！　ほいっ！　うぇい！」

――ブスッ！　ブスッ！　ブスッ！　ブスッ！

〈掛け声と共に四本刺さってるんだけど？ｗ〉

〈何を四天王〉

〈《ＡＲＡＧＡＭＩ》なるほど……考えたな〉

〈《Ｓｉｅｎｎａ》致命傷でない部分に飛んできてる棘だけを受けて、避けるルートを切《き》り拓《ひら》いたのね。当然痛みが伴う所業だし、良く決断できたと思うわ。頭おかしいけれど〉

〈《ユキカゼ》笑顔で……刺さってる……〉

〈そんなＩＱ高いことできたんかお前〉

〈刺さってるから結局駄目じゃねーのｗ〉

「痛い‼　けどこのくらいじゃ僕は止められないよ」

棘を抜いてる暇もない。

僕は必死に棘を目で追いながら、遂に全ての棘を避けることに成功した。六本刺さってるけども。

「ふふふふ……っ、禿《は》げてる……っ。ツルッパゲ……ふっ」

棘が全て抜けて、鉄球くんはツルツルしたただの鉄球に様変わりしていた。無惨。無惨だよ……。

〈余裕あんじゃねぇかw〉

〈少なくとも六本棘が刺さってる状況で発する言葉じゃねぇな〉

〈ハゲに悩んでる人類に謝れ〉

〈穴だらけで何言ってんだおめぇw〉

さて、と。

「よいしょ」

刺さった棘を抜いて、僕はポーションで回復をする。一々棘を抜いてから回復してる理由は、棘が刺さった状態のまま回復されちゃうかもしれないから。これはさすがにIQ高いんじゃない？　褒めて欲しいよ。

……辺りには棘が散乱している。

無事にツルツルになった鉄球くんは、まるで悲しんでいるかのようにジッとしている。僕の気の所為《せい》かもしれないけど、鉄球くんは悲しんでいる……と多分きっとメイビー恐らく思う。

「……棘ってまさかの使い切りタイプなんだ」

〈確かに〉

〈生えてこないのかw〉

〈こういうのって再生しても不思議じゃないんだけどね〉

僕はふと棘を拾ってしげしげと眺める。

鉄球くんの体表には棘がくっつくような仕組みもなく、棘の裏も平面だった。磁石的な何かでくっついてたのかな？

「ふむふむ。毒とかあったら詰んでたなぁ」

〈お、フラグか？〉

〈鉄球（毒持ち）とか最悪すぎるw〉

「今のところは体に異常なし。さっさと進みたいんだけど……」

行く手を阻むのは鉄球くん。

まるで悲しみを表すかのように、前後に小刻みに動いている。

「ふむ」

僕は徐ろに散乱した棘を拾って《アイテムボックス》に収納し始めた。

〈何してんだ？〉

〈中華鍋に代わる新たな武器か……〉

〈※中華鍋は調理器具です〉

〈中華鍋武器今更定期〉

〈まあ、効果は世迷が身を以《もっ》て証明してるしな〉

〈《ＡＲＡＧＡＭＩ》いや違う。見てくれ、世迷言葉の表情を。何かを模索しているいつも通りのアホ面だ〉

〈おいｗ〉

〈変わんねぇじゃねぇかｗ〉

「え、酷くない？」

アホ面の自覚はあるけども。でも何かを模索してる、っていうのは合ってる。

僕の脳内は今ひらめきで満たされている。一歩間違えればペシャンコになる。けれど試さずにはいられない。

どのみち危険な道だし、ここで日和る意味もないよね。

「よし、収納完了」

棘を拾い終えた僕は、《アイテムボックス》からしまったばかりの棘を一つ取り出し、鉄球くんに見せびらかす。

「あーあ、折角棘付いててカッコ良かったのに取れちゃったね。悔しくないの？　こんな矮小《わいしょう》な生物に己のトレードマークを消費して」

鉄球くんが微《かす》かに震えた。

〈急にどうしたｗ〉

〈自虐から入る姿勢、嫌いじゃない〉

〈《ユキカゼ》……？　まさか意思がある？〉

〈え、罠だぞ？ｗ〉

そう。ユキカゼさん。

僕の煽りに怒ったり、まるでしょんぼりしたように感じられたのは、鉄球くんに意思があるからだ。

そもそも動きがただの罠とは思えない。執拗《しつよう》に狙うし、どういう原理か知らないけど震えたりもした。

これは確定で良いと思う。

「自分じゃ棘付けられないもんね。このまま次の探索者が現れてもさ。君はそのツルツルテカテカ禿げ状態で行くんでしょ？　恥ずかしくない？」

——ゴンッと鉄球が飛び跳ねた。

どうやら恥ずかしいらしい。

「そこでさ。……うん、やっぱり付けられる」

僕は取り出した棘を鉄球くんにくっつける。

すると、磁石のようにピッタリと張り付けることができた。

——ゴンゴンゴンッッ。

鉄球くん、歓喜の舞。

〈なんこれｗ〉

〈本当に意思あるじゃん〉

〈なんだこの人間らしい鉄の塊〉

〈めっちゃ煽るやんｗ〉

何をしようとしているか。それは至極簡単なことだけど、きっと誰もやらないであろうこと。

「僕だけが君に棘を返してあげられる。僕の探索を手伝ってくれたら君に棘を全部返すよ。どう？」

——そう、交渉だ。

相手がどう出るかは分からない。でも意思があるんだ。試す価値は十分にあると思う。

鉄球くんは悩んでいるかのように、ジッとしている。そして、徐ろに前へと進み出す。止まる。

進み出す。止まる。

まるで付いてこいと言っているように。

「ふっ、交渉成立だね」


——————鉄球くん、ゲットだぜ！！！


〈こんなのありかよｗ〉

〈なんでこのダンジョン、無機物に意思宿ってんだよｗ〉

〈草しか生えん〉

＊＊＊

「筆記魔術《スペル・ファイアーリング》」

金髪ポニーテールにスーツを着た女性が、放ったボールペン。それが拳大の炎に変化し、虎の魔物を灰へと変える。

「《身体強化》《首狩り》」

続いて、赤髪ロングにゴスロリ衣装を纏《まと》った女性が手にした身の丈ほどの大斧《おおおの》。目で追えない速度で放たれた神速の一撃が、別の虎の魔物の首を両断する。

「うーん、面倒だ。一気に片付けてしまおう」

中性的な顔つきの金髪の男性。彼は辟易《へきえき》した表情でローブをはためかせながら呪文を唱える。

「《空間認知》――捻《ねじ》れろ《次元の支配者》」

瞬間、世界が割れたと錯覚するような衝撃とともに、範囲内にいた魔物が一瞬で塵《ごみ》へと還《かえ》った。

東京ダンジョン百二十一階層。

そこには圧倒的な実力者たちがいた。

「相変わらず呆《あき》れるような威力ね。あと厨二病的スキル名」

ため息を吐きつつ言ったのは、赤髪ロングの女性……探索者ランキング6位、シエンナ・カトラル。

「まだまだ先があるというのに魔力の無駄遣いは避けてください……。まあ、魔物が多くて面倒なのは理解できますが」

己の主人を咎《とが》める、金髪ポニーテールの女性……探索者ランキング三位、ユミナ・ラステル。

「分かっているさ。だが遅々とした進みには辟易していてね。彼女はまだ先にいるようだし、早く追いつかねば」

先程倒した魔物のことなど意に介さず、ローブを着た金髪の男性……探索者ランキング二位、アレン・ラスターは道の先へと視線を移す。

彼らは世迷言葉の救出を兼ねたオフ会を開いていた。

発起人はアレン・ラスター。強制参加のユミナ・ラステル。報酬に釣られたシエンナ・カトラル、というアレン以外不本意のパーティ。

彼らがダンジョンに突入したのは、つい二時間前のことである。

世迷が飛ばされた転移トラップを活用し、八十階層にやってきた彼らは破竹の勢いで先へと進む。

最初の目的は世迷リスナー兼、最下層へと誘った下手人、ユキカゼ——Sランク探索者の風間雪音《かざまゆきね》との合流である。

オフ会は人数が多いほうが良い、という謎理論をかましたアレンによって合流が決まった。

百二十一階層には人が通ったような跡があり、その証拠を以てアレンは風間雪音が先にいるという結論を下した。

「ふーむ、近いな。これだけ魔物の数が多ければ、幾ら実力があっても疲弊するだろう。早いところ合流して先へと進もうか」

「そうね。一匹の強さは大したことないけれど、数が厄介ね。面倒だわ」

「異論ありません。先へ進みましょう」

三者三様の反応を示し、彼らは先へと進む。

強者は惹《ひ》かれ合《あ》う。いずれ相対する世迷言葉への期待に胸を膨らませる……アレン・ラスター。

ワクワク一名と辟易二名の、感情に差がある最強パーティは魔物を蹴散らしながら歩を進めた。

＊＊＊

――時は遡り二時間前。


「ハァ……憂鬱ね」

イギリスから飛空艇で二十分。

初めての日本だというのに、私……シエンナ・カトラルは陰鬱な気持ちに囚《とら》われていた。一通りの言語を習得しているため、コミュニケーションに不安はない。

ただ、これから行動を共にする奴《やつ》に問題があった。

顔を隠しつつ、待ち合わせ場所である空港のＶＩＰラウンジに向かう。そこにはすでに、赤と青のオッドアイを持つ金髪の男――アレン・ラスターと、その少し後ろに控える金髪ポニーテールの女性――ユミナ・ラステルがいた。

「直接会うのは初めてね。アレン・ラスター。ユミナ・ラステル」

「そうだな、初めまして、と言っておこうシエンナ・カトラル、来てもらえて光栄だ」

「初めまして、シエンナ様。この度は主人の無理な願いを叶《かな》えていただきありがとうございます」

アレン・ラスターのギルドには、装備品のメンテナンスを行ってもらっているが、未《ま》だリモートでしか顔を合わせたことがない。

そこですでにこいつとは馬が合わないと理解しているため、実際に会っても特に何かが変わるというわけでもない。

反面、ユミナ・ラステルは人当たりも良く、何よりSランク探索者にしては貴重な常識人だ。私みたいにね。

同じ女性同士、仲良くしておいて損はない。

「正直、報酬が無きゃ絶対に来なかったわよ。ちょうど赤色魔石を切らしていたところだったし」

「まあ、だろうと思ったさ。君は世迷のことを人間性を除けば好ましく思っているだろう？　とどのつまり人間性を嫌っているから来たくなかったのだろうが」

「つまり？」

「全てを嫌っているのなら、報酬があっても来ないということさ。君がここに来たことが、世迷言葉という配信者のファンであることの証明になる」

正直に言うと、言い返せなかった。否定したいけど……否定の材料が見つからない。

人間性を嫌っているのは事実だ。けれど、配信者としての姿勢、コンテンツとしての面白さはまちがいなく好みであるからだ。

「ハァ、そんなことを言いにわざわざ私を呼んだのかしら？」

「まさか。これから直《ちょく》でダンジョン攻略だ。車はすでに手配している。秘書が」

「着いて早々申し訳ありませんが……」

「はぁ？　高級旅館取っちゃったわよ。折角良い温泉に入ろうと思ったのに……」

世迷の救出はともかくとして、折角日本に来るなら観光がてら満喫しようと思った。なのにすぐにダンジョン？　幾ら何でもワクワクしすぎでしょう。

するとアレンはニヤニヤと底意地の悪い笑みを浮かべて私を挑発し始めた。

「いや、いいんだ。君が大層お疲れで、温泉に入って疲れを癒やしたいなら好きにすればいい。尤《もっと》も！　私も着いてすぐだが、君と違って脆弱《ぜいじゃく》な肉体は持ち合わせていなくてね。とても元気が有り余っているのさ。仕方ない！　君が疲れていると言うならね」

「ハァ……」

すぐ近くでユミナ・ラステルが大きなため息を吐いたことも気にせず、私は荷物から得物である大斧を取り出して机に足を乗せた。

「冗談じゃないわよッ！　私が疲れているですって？　元気ピンピンよ！　あんたの頭をかち割って証明してあげようかしら？」

「良い方法がある。今からダンジョンに向かって、討伐数で勝負するのはどうだ？」

「望むところよ」

――乗せられたと気づいて冷静になるまであと二時間。

＊＊＊

――一方、私……風間雪音は苦戦を強いられていた。

「くっ……はぁ、はぁ……っ、しぶとい！」

ほぼ休憩無しの何十、何百連戦。それは思ったよりも私の体力を消費していた。

単体で戦えば負けることの無い魔物たち。だが、連戦に次ぐ連戦による疲労。蛆虫《うじむし》の如《ごと》く湧き出る膨大な数の魔物に私は翻弄されていた。

「ハァ……！　《銀景色》っ！」

右手に持った短剣から放出された冷気が、数々の魔物を氷像へと変える。けれどその奥から再び無数の魔物が湧いて出てくる。

「負けない。世迷くんに逢《あ》うまでは。絶対」

普段は言わない力強い言葉で己を鼓舞し、私は短剣を持つ両方の手に力を入れる。

「ガウアッ!!」

それなりの強さを持った狼の魔物が襲い掛かってくる……だけど世迷くんが戦ったスコルには遠く及ばない。

「シッ……ッ！」

スキルを使うことなく的確に急所を突き、絶命させる。同じように襲い掛かる魔物を一突きで打ち倒していく。

体力を消費しないカウンター型の戦法。けれどその分先に進めなくなる。攻めに転じれば体力を消費するジレンマ。

私は終わらないマラソンに焦りを覚えていた。

現在の階層は百六十五階層。世迷くんのいる階層までは三百階層以上もある。

いつかは追いつける。けれどそのいつかでは間に合わない。逆走する世迷くんは順調に見えるが、絶対に限界が来る。その時までに私は間に合いたい。

「……っ、邪魔！」

幾度も剣閃《けんせん》が繰り広げられ、時にはスキルを使うことで魔物の攻撃を凌《しの》ぎ、絶命させる。

そして私は百六十五階層の道で――――光り輝く魔法陣を見た。


「――転移トラップ」


私が世迷くんを逆走させる原因になったモノだ。それが今ここにある。

誰も引っ掛からないであろう存在感を主張する転移魔法陣。だが今の私にとっては地上から垂らされた蜘蛛《くも》の糸のように思えた。

「行こう」

普通の方法じゃ世迷くんの元には行けない。

ラインを踏み越える必要がある。

いざ足を踏み入れようとしたその時、突如後ろから声をかけられた。

「――待ちたまえ。やっと追いついたよ」

「あんたが風間雪音ね？」

足を止める。

振り返るとそこには三人の人間がいた。

そう、人間だ。あり得ない。……いや、どこか見覚えがある。

特にその喋り方は――。

「ＡＲＡＧＡＭＩ……？」

「外でハンドルネーム呼びされるのは恥ずかしいからやめてくれ」

「アレン・ラスター、シエンナ・カトラル、ユミナ・ラステル。どうしてあなたたちが……？」

共通点は世迷くんのリスナーであるということ。けれどまさかこの地までやってくるとは思わなかった。それにここまで辿《たど》り着《つ》くのがあまりにも速すぎる。

「目的は君と一緒さ、風間雪音。世迷言葉の救出。あとはそうだな……オフ会さ」

「一気に胡散臭《うさんくさ》くなりますよ、その言葉。見てください。風間様がドン引きしてます」

「本当なんだから仕方ないじゃないか」

「手伝って、くれるの？」

私の言葉に三人は頷《うなず》く。

「私は報酬に釣られて仕方なくよ。じゃなきゃ絶対に来なかったし」

それでもありがたい。

半ば非現実的で、暗中模索だった世迷くんの救出。それがここに来て味方との合流、という形で現実のものとなった。

……絶対に助けるから。待ってて。

「くふふっ、ぐふふふふっ、あのバカ、無機物仲間にしてる……ふふふはっ」

——何があったの？

7. やったね！　召喚だよ！

「ひゃっほうぅ‼　轢《ひ》け轢け邪魔だァァァ！」

鉄球くんを乗り越えた先から現れ始めた魔物たち。サソリだったりラクダだったりの砂漠特有の魔物たちは、味方につけた鉄球くんによって哀れペシャンコに潰されていく。

〈ズルいだろそれｗ〉

〈轢き肉です〉

〈鉄に好かれる特効でも持ってんの？〉

〈折角まともな魔物が現れ始めたのに、まともじゃない世迷《よまい》によってまともじゃない殺され方しとるｗｗｗ〉

〈お前普通にダンジョン探索できないの？ｗ〉

〈普通とか世迷の辞書にないだろ〉

うるさいっ！

ロマンも何もないけど、少なくとも鉄球くんを味方につけることで大幅に効率が上がった。効率……？　本当かな？　知らんけど。

悲しいのが、一切僕に経験値が入らないこと。

僕の成長を犠牲に、ダンジョン探索は順調に進んでおります。仕方ないよね。

時折棘《とげ》を付けてあげることでテンションの上がる鉄球くんは、傍《はた》から見ていて微笑《ほほえ》ましい。

〈無機物相手に慈愛の目で見てるぞこいつ……〉

〈すでに世迷の中で中華鍋と同じ括《くく》りなんだろうな〉

〈つまりいつでも裏切ると〉

〈草〉

〈無機物相手だからまだ何とかなってるけどやってることかなりの外道なんよな〉

裏切る……？　何のことだろうね。

轢き殺される魔物を尻目に僕は吹けない掠《かす》れた口笛を吹きながら堂々と歩を進める。

罠《わな》も鉄球くんが物理的に全部破壊していくから問題はない。ここに来て初めて楽ができている。

培った経験を元に仲間にできた鉄球くん。

前の僕だったら為《な》すすべもなく潰されていたに違いない。これもきっと僕の成長なんだよ。多分。

「このまま階層ボスのとこまで行っちゃおう！」

僕は限りなくテンションが上がってた。

最強の味方、鉄球くん。

圧倒的質量と機動力で魔物を粉砕し、僕に懐いてくれている。きっとこのままボスも打ち倒して、これからの探索の相棒になってくれるって――そう信じていた。

――僕の目の前には、無惨にも粉々に砕け散った鉄球くんがいた。

「どうしてだよぉおおおおお！！！　鉄球くんんんんん!!!!」

〈いやおめーのせいだから〉

〈うわぁ、これぞ世迷クオリティ〉

＊＊＊

時は遡り、僕と鉄球くんは順調に魔物を蹴散らしてボスの居場所……っぽいようなところまで辿《たど》り着《つ》いた。

ボスがいます！　と言わんばかりにそびえ立つ扉。

かなり長い距離を移動したし、ここが階層ボスの居場所で間違いないと思う。

「うーん、休憩所も宝箱も無かったし実入りがない階層だったなぁ」

〈なんか宝箱、鉄球くんに轢かれてたような〉

〈バキバキって音と、やっちまったたって顔してた世迷がいたような……？〉

「気の所為《せい》だよ！」

僕はニッコリ笑って答えた。

〈ひぇっ〉

〈こいつ笑顔が一番怖いんだよな……〉

僕は怒った顔を演出した。

〈バカっぽい〉

〈アホ面《づら》定期〉

「何で！」

まあ、茶番はさておき。

これ逆走の最速記録じゃない？　ＲＴＡだよ、ＲＴＡ。まあ、これまでのロスタイム激しすぎるけどさ。

「じゃあ、階層ボスと戦う前にいつもの腹ごしらえをしようかな」

腹が減ってはなんちゃらって言うし。

何だっけ、腹が減ってはパンツが穿けぬ、だったっけ？　多分違うか。

〈世迷言葉《ことは》のクッキングが始まるのか〉

〈でも中華鍋無くなったけどどうなるん？〉

〈あ、そっか、あれ調理器具だったわ〉

〈何でワイらまで世迷に引っ張られてんだよｗ〉

〈世迷が俺たちの生活を侵食している……！ｗ〉

「勝手に影響受けてるの君たちでしょ」

そんなことを言いながらいつも通り、食糧と水を購入する。中華鍋くんが無いんだけど調理はどうしたら良《い》いんだろう。

というか食材が出てくる仕様もなかなかに鬼畜だと思うけどさ。

「……ハンバーグ弁当……。調理済み品出せるなら最初から出してよ……」

ショップ機能、時々僕のことおちょくってくるよね。だから誰一人味方がいないとか言われるんだよ。

〈普通に美味《うま》そうで草〉

〈クッキングねぇのか……〉

〈チッ、つまんね〉

〈クッキングが人気コンテンツ化されてるしw〉

コメントを眺めながら僕はハンバーグを頬張る。ちゃんと美味《おい》しいのがわりとムカつくんだけど！

「食べながら作戦立てよっか。階層ボスの大きさとか強さとか分からないから、具体的な作戦は立てようがないけど……ま、鉄球くんに轢かせればいっか」

〈はい解散解散〉

〈世迷が無双してるわけじゃないけど上手《うま》くいってたらムカつくわ〉

〈《ＡＲＡＧＡＭＩ》通じるか否かだが、私個人としては通じないでいて欲し……いや、何でも無い〉

〈《Ｓｉｅｎｎａ》本音出てるわよ〉

〈《ユキカゼ》無事でいてくれるなら何でも良い〉

「ユキカゼさん……っ！」

僕はユキカゼさんの言葉にジーンとした。やっぱり僕の味方はユキカゼさんしかいない。無事を願う。たったこれだけのことを僕は今の今までされた例《ため》しがない気がする。普通に酷《ひど》いよ。

「よーし、頑張るよ！　鉄球くんが！」

〈いやお前が頑張れよｗ〉

〈結局他力本願寺やんけ〉

できないことを無理にするよりも、自分の力を過信しないで初めから他人、もしくは物に頼るのが一番良いと思うんだ。

——そして時は戻り、僕の目の前には十ｍを優に超える岩の巨人と、ものの無惨に砕け散った鉄球くんの姿があった。

経緯は実に簡単で、《鑑定》もせずに開幕速攻で鉄球くんをボスにぶつけに行った僕。

だって、鉄と岩じゃん。鉄が勝つに決まってるでしょ？

「岩に負けるとか悔しくないの！！！」

ぶつかった瞬間、普通に砕け散った。

明らかにただの岩の硬さじゃなかった。スキルか何かの力か分からないけれど、その防御力が異常なことだけは分かる。

「こうなると頼みの《一魂集中》も効かないんじゃ……」

僕がここに来て初めて相対する、物理攻撃に耐性がある魔物。

紛れもなく僕の天敵と言ってもいい岩の巨人は、悠然と僕の前に佇《たたず》んでいた。

〈これ普通にヤバいんじゃねーの〉

〈世迷の脳筋特攻が効かないだと……⁉〉

「《鑑定》」

＊＊＊
《ネームドユニークボス個体》
名前　タイタン
種族　ゴーレム
Lv．１１８０
＊＊＊

「名前がたんたん‼」

〈いや絶対タイタンだろw〉

〈ふざけるなw〉

〈靴下じゃねぇのよ〉

〈ピンチなの分かってます？〉

「あ、本当にタイタンじゃん。素で間違ってた」

まあ、そんなことはどうでもよくて。

タイタン……なんかどこかで聞いたことある気がする。どちらにせよ神話とかに関わってそうだけど……僕が知るわけないよね。

「情報ぷりーず！」

ゴーレムくんが動かない今が情報を得るチャンス。

〈なんかギリシャ神話系統の巨人だった希ガス〉

〈ggrks〉

〈知るかボケ〉

〈教養を求めるな〉

「調べられないから聞いてるんですけど！！！　なんか情報出してくれた人もいるけどさ！　分かってるの？　《一魂集中》は多分通じない。頼りの武器兼防具の中華鍋くんと鉄球くんはいない。君たちが頑張らないでどう頑張るっていうの！」

〈何で偉そうなん？〉

〈いつも通りだろ〉

〈ワイらが役に立たないのも織り込み済みで行動しなきゃ駄目だろ〉

「それは確かに。君たちが駄目なのは分かってるけど、たまに閃《ひらめ》くじゃん。それを僕はそれなりに期待してる」

役に立たないことがほとんどだけど、ごくたまにリスナーの発言から突破口が見出《みいだ》されることもある。それくらい期待したって良いじゃない。

「うーん、でも攻撃してこない理由はなんだろう。どことなく意思があるようにも見えないし」

《《ＡＲＡＧＡＭＩ》戻った。先程の反応を照らし合わせると、タイタンはカウンター型の可能性がある。攻撃してきたモノに対してのみ反応する特殊モンスター。だが防御力は非常に高く、攻撃しない限り攻撃してくることはないが、倒さなければ先へと進めないジレンマだ〉

「ふーん、ならあれだけ防御力が高いのも納得かな。さすがアラガミさん！　じゃあどうすれば良いと思います？」

《《ＡＲＡＧＡＭＩ》……さぁ？　調べたらいいんじゃないか（笑）〉

「アラガミさんまでそれ言い出すの⁉」

ここに来て突き放されたんだけど。

うーん……でも、まあ。

「僕天才かもしれないからね。自分で考えて動いて実践した方が上手くいってるし」

〈いや余りにも突飛な行動にダンジョンが付いていけてないだけだろｗ〉

〈ダンジョンに拒まれた男〉

僕が拒みたいよ。

何だかんだダンジョンの恩恵にあずかっている節はあるけどさ。どのみち自分で行動を決定するってスタンスは最初から何も変わってない。

責任は自分で取るし、グチグチ文句は言っても恨みはしない。死んだら自己責任。簡単でしょ？

《《ＡＲＡＧＡＭＩ》冗談はさておき、神話ではタイタンは地底に封印されたと言われている。それがこのダンジョン、ということならば、未《ま》だタイタンは封印の影響を受けている可能性が高い。故に動けずにカウンターしかできないのだろう》

《《Ｓｉｅｎｎａ》タイタンの防御を突破するか、的確に弱点を突く以外に突破口は無いんじゃないかしら？》

《《ユキカゼ》カウンターしかできないなら、考える時間はある。安全な範囲で色々試す……？》

「お三方ありがとうございます！　封印、か」

身動き取れないなんて可哀想《かわいそう》だなぁ。そのお陰で好き勝手に攻撃を仕掛けられるんだけどね。

「動けない相手に仕掛けるのは気が引けるんだけど、この場合それが正攻法だし無機物っぽいからセーフ判定にします！」

〈何の言い訳だよ〉

〈律儀に常識人面を貫いてて草〉

〈可哀想に……自分がまだまともだと信じてるのか……〉

〈ボロクソでワロタｗｗｗ〉

「自分が信じればそれはきっと真実になるんだよ」

〈ただの思い込みじゃねーか〉

そうとも言う。

でもまともじゃダンジョンはクリアできないんじゃないかな？　少なくとも頭のネジが吹っ飛んでないと攻略できない仕組みしてるし。

――どうしようか。

今の僕は《一魂集中》以外の強力な攻撃手段を持ち合わせてない。幾ら素の攻撃力が高くても、防御に全振りしてるゴーレムくんに勝てるわけがない。

「……あ、そういえば一つだけあった」

僕はふと思い出した。

虹色の飴《あめ》……ゲーミング飴玉を食した時に手に入れたスキルのことを。

「僕の今のスキルがこれ」

＊＊＊

スキル

《鑑定》《アイテムボックス》《苦痛耐性》《熱耐性》

《捨て身》《落下耐性》《罵倒耐性》《スタミナ消費軽減》《起死回生》《一魂集中》《刺突耐性》《脱《だっ》兎《と》》《召喚》

《刺突耐性》……刺突に対する耐性を得る。

《脱兎》……戦闘の意思がない時のみ発動。逃走に関する脚力と走力の上昇効果を得る。

《召喚》……一度のみ発動。召喚者と繋《つな》がりがある生物を喚《よ》び出《だ》すことができる。

＊＊＊

「なんかまた耐性増えてるなぁ……。十中八九鉄球くんの攻撃のせいだと思うけど」

〈脱兎とか世迷にピッタリすぎるｗ〉

〈逃げてばかりの人生だなお前……〉

〈なお、逃げないと死ぬ模様〉

〈召喚、か……〉

〈クズ運の世迷が引けるのか〉

「ソシャゲのガチャと一緒にしないでくれない？　ここに僕と繋がりがある、って書いてるじゃん。……ん？　待てよ？　じゃあ、うっかりマイマザーとか友達が召喚されることもあるってこと？　え、地獄じゃん」

やばい、道連れスキルってこと⁉

使えると思ったけど一歩間違えたら友人とかを死地に連れてくことになるよね……？　そこまで僕鬼じゃない。

〈地獄やんけ〉

〈道連れとかお前がいつもやってることじゃんｗ〉

「ううむ、どうしよう。使うつもりだったんだけど、どうなるか分からないからなぁ」

僕と繋がりがある、って部分がネックだよね。逆に誰も召喚されなかったら僕がボッチってことになるし、それはそれでなんか嫌だ。

悩む僕。けどこのまま過ごしてても埒《らち》が明かない。

「ヨシっ！　まあ、道連れになった時はその時に考えるってことで」

僕は思考を打ち切りスキル《召喚》を使用する。

「《召喚》っ！」

すると、地面に突如として魔法陣のようなものが出現した。

魔法陣はくるくる回転して、徐々に光り輝いていく。何かが来る。そんな予感がした。……いや召喚だから何か来るのは当然だけどね！

〈なんかすごそう（小並感）〉

〈やっちゃったか……〉

〈召喚の対価が命だったら笑える〉

〈笑う暇もねぇだろw〉

リスナーが僕を殺そうとしてるのはさておき、魔法陣の光が僕の目を焼き、再び目を開けると、そこには——一体はムキムキの人間で、顔が兎《うさぎ》のキモい生命体がいた。

「いや誰⁉」

〈ふぁーwww〉

〈なんだこのギャグ生物w〉

〈この顔、進化したスノラビくんやんけw〉

〈確かに繋がりがあるっちゃあるなw〉

〈《ARAGAMI》ここであのスノラビが出てくるのか……w〉

〈《Sienna》正直気持ち悪いわね〉

「なぜ貴様がここに……いや、私が転移したのか」

「しゃ、喋《しゃべ》ったァァァァァ!!!!」

え、キモいんだけど!!!!

筋肉質な体にメルヘンな顔がついてるのがここまでバランス悪いとは思ってなかったよ！　奇跡的な気持ち悪さ！　筋肉と兎って相容《あいい》れないんだね。

〈やけに良い声なの草〉

〈喋るのは知ってたけど口調と姿のギャップが酷すぎるだろw〉

スノラビくん、改めキモラビくんは自分の手を見つめていたけど、不意に僕をギロリと睨《にら》みつけた。

「また貴様か！　もう会うことはないと思ったのに！」

「うん、久しぶり！　元気？」

「あぁ、もうなんか無理、キモい」

「え、全然今の君に言われたくないんだけど？」

〈草〉

〈にこやかに元気？　じゃねぇのよｗ〉

〈敵意向けてくる相手によく笑顔で対応できるもんだ……〉

「なぜ私を喚んだ」

「狙って喚んだわけじゃないけど、あのでっかい巨人を倒してもらおうと思ってさ」

まあ、何とも嫌な姿形をしてるけど、召喚されたからには手伝ってもらおうと思う。進化前から攻撃力はすごかったし、進化した今ならきっと役に立ってくれるに違いない。

僕は笑顔で「どう？」と言う。


「──は？　嫌だが？」

「え？」

ん？　んんん？

「僕、君を召喚したんだけど」

「喚ばれたが」

「普通言うこと聞かない？」

「なぜ貴様の言いなりにならないといけない」

「あれぇ……？」

〈【悲報】召喚スキル。ただ召喚するだけだった件〉

〈草〉

〈それ召喚者が召喚したやつより強い前提のスキルだろｗｗｗ〉

《ＡＲＡＧＡＭＩ》確かにスキル説明の文面を読み解けばそうとも読める。やはり飴玉からのスキル取得は博打《ばくち》だ〉

《Ｓｉｅｎｎａ》気になったものすぐ食べちゃうからそうなるのよ〉

《ユキカゼ》それ赤ちゃんへの注意……〉

〈赤子みたいなもんだろこいつ〉

そういうことね……。

え、召喚する意味なくない⁉　敵が一人増えるようなもんじゃん！　明らかにキモラビくん敵意マシマシだし、どう考えてもこれから一緒に頑張ろうって雰囲気じゃないよね⁉

「でもこれ倒さなきゃ先に進めないよ？　というか君どこにいたわけ？」

「私はひたすらに暑い場所で狼《おおかみ》と戦っていた。もうすぐ決着が着くという頃に貴様に喚び出された」

「あ、狼くんのとこね。倒すの苦労したなぁ」

〈あれを倒したと言っていいのかｗ〉

〈倒したというか自分含めた自爆攻撃だろｗ〉

〈少なくとも正攻法ではないな〉

僕は狼くんとの激闘を思い出してしみじみとする。狼くんが舐《な》めプしてたから勝てたけど、もう一度戦ったら多分負ける。全力の狼くんは見てみたいような気もするけど死んだら元も子もないし。

なんてことを考えていると、キモラビくんがメルヘンチックな兎の顔を驚きに染めていた。

「おい待て貴様、あの狼を倒したのか……⁉　私の手加減した拳で気絶していた貴様が！」

「うん」

「一体どうやって？」

「えっとね、話せば長くなるけど……」

僕は懇切丁寧に一から説明した。

転移魔法陣に乗って最下層までやってきたこと、狼くんに毒をぶち込んで弱らせて、中華鍋くんをぶつけて弱らせて、マグマに水ぶっかけて自爆して倒したことを。

〈改めて聞くとかなり酷くて草〉

〈何でお前生きてんの？〉

〈奇跡と奇行で生き残ってる畜生〉

〈曲芸でダンジョンを困惑させる男〉

誰が畜生だよ。

変な二つ名が増えてくのやめてほしいんだけど！

――説明を終えた僕を待ち受けていたのは、かなりドン引きした表情のキモラビくんだった。

「貴様に人の心は無いのか？　倫理観は？」

「いっぱいあるよ！　……いてっ！」

無言と無表情で頬を叩《たた》かれた。なんで。

〈魔物に人の心説かれてるｗｗｗ〉

〈魔物すらもドン引きさせるのかｗ〉

〈《ＡＲＡＧＡＭＩ》魔物に人間としての一般教養と素養があるのが不可思議だが、進化した時に知性も獲得したのか？〉

〈《Ｓｉｅｎｎａ》そもそも人語を解する魔物に遭遇したことないわね。あ、世迷がいたわ〉

〈《ユキカゼ》進化したことで魔物と人との境界線が朧《おぼろ》になっている……？〉

〈サラッと世迷を魔物扱いしてて草生える〉

まあ人の心はともかく、アラガミさんが言っているように一般教養と素養があるのが不思議だなぁ。魔物ってダンジョン生まれなんだろうし、教育を受ける機会なんてあるわけないと思うし。

「ねえ、キモラビくん」

「誰がキモラビくんだ殺すぞ」

「キモラビくんはどうやって日本語とか人間っぽい知識を身に付けたわけ？」

「だから……まあ良いか。最初から、としか言いようがないな。朧げに意識はあった。ただ意識を表層に出すことができず、本能のみで生きていたような状況だった」

「ふーん、そぼろね」

「朧」

〈魔物に教養で負けて良いのかお前ｗ〉

〈キモラビくん草〉

〈なんか世迷のストッパーになってくれそうな希ガス〉

〈ストッパーごと引きずるタイプだろｗ〉

「教養無くても人は生きられるから平気だよ！　ただもしかしたら、思いもよらない穴に落ちるかもしれないから自己責任だよね」

〈お前のことじゃねぇかｗ〉

〈ちょっと勉強してくるわ〉

〈俺も資格取ろうかな……〉

〈世迷を反面教師にリスナーの教養が生まれる〉

僕が犠牲になることで君たちのＩＱが上がるなら本望……でもないか。でも僕だってこのダンジョン探索を経てもしかしたらＩＱが上がってる可能性もあると思うんだ。多分。

「誰と話してる？」

「あ、そっか。それは知らないんだ」

僕は続けて配信と探索者について、知ってる範囲で教えた。知ってる範囲で、ね？

「なるほど。貴様のように頭のおかしい行動を取る者たちを探索者と呼ぶのか。というと何だ？上に登れば登るだけカオスじゃないか！　一生引き籠もる!!　協力もしない!!」

「何で！！！」

〈嘘《うそ》を教えるな〉

〈一般基準が世迷じゃねぇのよ〉

〈下層にいる相対基準は世迷のせいでカオスだけどなｗ〉

「大丈夫！　大丈夫！　僕みたいのは一握りだから！」

「その一握りの気持ち悪い人間になぜ協力しないといけないんだ！」

「言っておくけど君のビジュアル的に、外に出たら僕と同じ扱いされるからね？」

「なん……だと……」

〈いやそうはならんやろ〉

〈でもかなり見た目気持ち悪いからな……〉

〈ワイも街でこんな姿してるヤツいたらかなりドン引くな〉

「これを見てるリスナーもそう言ってる」

ま、そこまで酷い扱いにはならないと思うけど。そもそもキモラビくんが地上に出たら、危険性とか別の観点から問題起きそう。

ダンジョン協会とかは存在そのものを許さないんじゃない？　高レベル探索者とかに暗殺依頼したり。


――とにかく何とかキモラビくんを味方につけないと。

このボスを倒すには僕だけの力じゃ無理。

キモラビくんの力の全ては分かんない。でも狼くんと戦っておいて大した傷もない。それが実力がある証拠なんじゃないかな？

「――全ての始まりは僕が君を中華鍋くんで轢いたこと。それから中華鍋くんに閉じ込めて君の鼓膜を爆発させたこともあったよね。今こそ僕たちは、この因縁を放棄して協力すべきだと思うんだ」

〈いやキモラビくんただの被害者で草〉

〈加害者が脅してるだけなんだよなぁ……〉

〈因縁の原因お前なんよ〉

キモラビくんが渋い顔してる！

僕は更に続ける。

「このやり取りとか戦いも、全部配信されてるでしょ？　つまり、キモラビくんの印象を変えるチャンスなんだよ！　僕は先に進みたい。キモラビくんは、こうして一緒に戦うことで人間からの心証が良くなる。これって利……利……利得だと思うんだ」

「利害の一致」

「それ」

僕はキリッとした表情で答える。

キモラビくんはメルヘンな顔を顰《しか》めながら悩んでいる。そのまま数分悩んで、苦々しくため息を吐いた。

「一理ある。貴様には私の自我を目覚めさせられた借りがある。人間に対する殺意も特にはない。

心証を良くすることにあまり魅力を感じないが、他の人間に会った時に一々騒がれるのも面倒だ」

「つまり？」

「協力してやる。ただ一度のみだ」

「交渉成立だね」

そんなメルヘンな顔してるのに世界観崩すような表情しないでよ。何その絶対嫌だみたいに引《ひ》き攣《つ》ってる表情。失礼だなもう。

「だが貴様と協力するのも癪《しゃく》だ。私がさっさと一人で倒してやる」

目をギラつかせながらそう言ったキモラビくんは、僕の返答も聞かずにタイタンの方へと向かって行った。

〈世迷にしては良い交渉の仕方だったな〉

〈八割脅しだけどなｗ〉

〈可愛《かわい》げのない兎だな〉

うーん、早速戦うみたいだけど暇だなぁ。

「よし――はい、というわけで始まりますよ、キモラビvs.岩の巨人、タイタン。実況の世迷と……解説の言葉です。さあ、この世紀の対決をどう見ますか、言葉さん」

〈また始まったよｗ〉

〈《ＡＲＡＧＡＭＩ》うん、世迷成分が補給できるな〉

〈《Ｓｉｅｎｎａ》何そのバカになりそうな成分〉

《《ユキカゼ》どこでその実況技術を身に付けたの……〉

ボケーっとスポーツの実況聞いてたらできるようになったんだよね。

「そうですねぇ、その体躯《たいく》の差は歴然。防御力と体力はタイタン選手に軍配が上がりそうですが、キモラビ選手も能力の全容は明らかになっていませんからねぇ……どうタイタン選手の防御を崩すのか。それが見物になってくると思いますよ！」

〈その語彙力を普段から活《い》かせよ〉

〈実況解説の時のみＩＱが上がる男〉

〈多分テレビの実況の文言をパクりながらやってるんだろうなｗ〉

正っ解っ！

実際合ってるかも分からないけど何となくで使ってる。

「おっ、始まりましたよ！　キモラビ選手、まずは痛烈な一撃をタイタン選手に入れる……！が、効いた様子はない!!」

キモラビくんが黒い鎧《よろい》のようなものを纏《まと》い、僕の方まで衝撃波が飛ぶほどの一撃を入れる。しかし、効いた様子もなく、タイタンのカウンターがやってくる。

「おおっと！　タイタン選手のカウンター攻撃！　これまでには見られないパターンです！　防御だけではないようですね。……そうですねぇ、あの巨体ですから、パンチは当然必死でしょう。しかしキモラビ選手もしっかりと目で追って避けていますよ」

僕が言った通り、キモラビくんはタイタンの攻撃を余裕を持って避けていた。僕なら何回体が破裂するか分かんないね！

「チィッ、硬い」

「これには思わずキモラビ選手、舌打ちをこぼします！　攻め手に欠ける様子、しかしキモラビ選手も諦めていません！」

〈実況解説上手いのムカつくな〉

〈ホントにどこにステータス振ってるんだよ、特殊職か〉

〈にしてもキモラビの攻撃も効かないか……〉

さっきからキモラビくんはタイタンに何度も攻撃を仕掛けているけど、どれも効いた様子はない。

やっぱり硬すぎる。

キモラビくんでダメなら多分僕も無理。試してないけど色々見てたら何となく分かる。野生の勘だよ。多分当たってる。

「《纏《まとい》・黒鉄《くろがね》》」

「おおっと！　ここでキモラビ選手、鎧を腕に集め始めた！　ここで勝負を決めるつもりかぁー！」

「《一心・集中》ッ！」

「僕の技のパクリかな？　著作権大丈夫？」

おっと思わず心の声が。

〈ちゃんと実況しろよ〉

〈私情混ぜるな〉

〈誇りを持った仕事に最後まで責任を持てよ〉

別に実況解説は手持ち無沙汰でやってるだけだし、誇りもクソも何もないんだけども。でもさすがに○○集中は僕の技のパクリだと思うんだ。

ダンジョンくん、デカスノラビくんの変身先の『亀』といい語彙力無いんじゃないの？　面倒になって下層適当に作った？　僕のことテスターと勘違いしてる説。

「タイタン選手動かない！　キモラビ選手、これを機に大きく力を溜《た》めているぞ！　汚い‼」

〈おま言う〉

〈それで汚いならお前どんだけ穢《けが》れとんねん〉

〈泥塗《どろまみ》れが調子乗んな〉

〈卑怯《ひきょう》、汚い、気持ち悪いの称号を持つ世迷が何を世迷《よま》い言《ごと》を……〉

《《ARAGAMI》》世迷言葉が少し前に言ったように卑怯とは実際思っていないのだろう。ネタの範疇《はんちゅう》だ。その証拠に感心しているような笑みを浮かべている〉

《《Sienna》》いやそんな笑いの種類なんて分からないわよ……〉

《《ユキカゼ》》……本当だ……ワクワクしてるし、応援もしてる〉

〈分かっちゃうのね〉

〈6位だけ蚊帳の外〉

《《Sienna》》え、これ私が異常なの……？〉

……アラガミさんの言う通り、チャンスをものにして力を溜めるキモラビくんには感心していた。倒す方法としては間違いないし、正式な試合でもないただの殺し合い……生存きょーそー……でしょ？

慈悲なし‼

……僕の間違えた慈悲の結果キモラビくんが生まれてるんだけどね！！！　そこに関しては目を瞑《つぶ》りたいと思います！！！　……ダメ？　ダメかぁ。

「お、いけそう」

そんなことを考えている間に、キモラビくんの右手には青い光が渦巻いていて、馬鹿な僕でも力溜まってるな、って分かる。

「《一心・集中》……全力だァァァ！！！」

キモラビくんがタイタンに向かって、全力で右の拳を突き出す。

拳がタイタンに接触した途端――


――衝撃が僕の元まで襲って来て、軽く数メートル吹き飛ばされた。痛いぃ‼

「あ痛っ、いつつ……」

ゴロゴロと地面を転がりながら、僕は勝負の行方がどうなったかを確認した。

そこには――ボロボロのキモラビくんと、体表が少しだけ抉《えぐ》れたタイタンがいた。

「抉れるように、なたよー……」

僕がぽつんと呟《つぶや》くと、キモラビくんがツカツカと歩いてきて怒鳴った。

「貴様さっきから喧《やかま》しいわ!!　真面目な戦いなのに集中できん！」

「はーい、キモラビくんの集中力が足りないと思いまーす」

「貴様なァ……」

〈煽《あお》るな煽るなw〉

〈草〉

〈ようやるわw〉

次第に鬼のような表情になっていくキモラビくんを見ながら、僕は静かに言う。

「──本当の本気、出したの？　すべての力を出し尽くしたの？　やり切った、って言える？」

「な、何だ……あ、当たり前だろう。全ての力を出したに決まっている」

「嘘だね──じゃなきゃ君は今この場に立ってない」

〈……どゆこと？〉

〈いつにもまして世迷が真面目だ〉

〈《ＡＲＡＧＡＭＩ》なるほど……理解した〉

僕はキモラビくんの戦闘シーンで気になった部分があったんだよね。魔物としての生存本能的な何かかは知らんし、どういう感情で動いてるのかも分からないけど、とにかくキモラビくんは被弾を避けてたんだ。

多少のリスクを回避して、確実に当てられる攻撃だけを当ててた……ような気がしないこともない！

「僕だったらどれだけ傷を負っても、どれだけ失っても、どれだけ疲れても、絶対に仕留め切る。ここぞ、って時に攻めなきゃ絶対にボスは倒せない、って思うんだ。君だって心当たりあるんじゃない？　あの雪の坂を全力で下ってた時、どんな思いで向かってたの？」

僕はいつでも全力だよ。

確実に死ぬ攻撃は回避するにしても、被弾は付き物だし、むしろ僕はそこを狙ってたんだ。攻撃を当てた瞬間って大体油断するし。

あ、キモラビくん黙っちゃった。

でも何かを思い出そうとしてる表情……だと思う。

「あの時は……必死だった。とにかく力を手に入れなければならなかった。あの同族を殺す、という強い意志が介在していたのは間違いない」

「五里霧中だったんだね」

「無我夢中」

「それ」

とにかくキモラビくんのスノラビ時代は必死さと、強い意志があった。だからきっとボスを倒せたって思うんだ。

〈無知で台無しにすんな〉

〈良いこと言ったらそれ無駄にするのなんなんw〉

〈まあ、分からんでもないな〉

〈世の中気合いじゃ何ともならんけど、確かに気合いが必要なこともあるし〉

〈あれだよな、勝敗を分けたのは勝利への意欲だった……みたいなのは聞いたことある〉

《ＡＲＡＧＡＭＩ》スキルは意志の力である、とも言われている。感覚で発動させるわけだし、そこに意志が介在することもきっとあるだろう。世迷言葉の言っていることはあながち間違いとは言えない〉

意志の力……そうなんだ。そこまで深く考えてはいなかったけど。

確かにこいつムカつく！　やっちゃえ！　みたいな感情の時の方が攻撃力高い気がする（当社比）。

「甘えがあった、か……。強者への憧憬、しかし進化を経て力を手に入れたことで慢心していたのかもしれない。それをまさか貴様に気づかされるとはな……感謝を――」

「あ、そのメルヘンな顔でシリアスシーン突入しないでくれない？　笑いそう……ぐふっ……ふふ」

「クソが！」

ドンッ、とキモラビくんが地団駄を踏んだ。どうしたんだろ、トイレ行きたいのかな？

〈お前さぁw〉

〈もう笑っとんねん〉

〈や、確かにあんなに可愛い顔でシリアスな表情されたらおもろいけどさｗ〉

〈素で失礼すぎるｗ〉

〈礼節を母胎に置いてきた男〉

「失礼な！　僕はただいきなり爆笑するよりも予告してから笑った方がまだマシかな、って思っただけだよ。礼儀しかない」

「鏡見てから言え」

スマホの撮影機能で自分の顔を映す。

「……うん、グッドフェイス」

「やかましいわ」

平々凡々だけど、それが僕という味を出してるよね……とか思ってたらキモラビくんにツッコまれた。何だろう、何気にツッコミ上手いの釈然としないかもしれない。

「お遊びはここまでにして、実際どう倒すの？　協力関係については納得してくれたと思うけど」

「チッ、実際私一人の力では倒せない。戦った感想としては、異常に硬い。だが、ただ硬いだけじゃない。恐らく……反射だ」

「反射？」

「あぁ。硬いというより、自分に放たれた力を押し返しているような感覚があった。ただ硬いだけだと私の《一心・集中》は防げない。あれは防御無視の特効が付いているからな」

なるほど。

確かにじゃなきゃキモラビくんが技を出した後にボロボロにならないよね。攻撃を食らったわけでもなかったから不思議に思ってたんだ。

〈反射か〉

〈なかなかキツくない？〉

〈だってお前ら物理攻撃組じゃん〉

〈《ＡＲＡＧＡＭＩ》詮無きアドバイスしかできないこと、あとは世迷言葉がどう切り抜けるか気になる故に詳しくは語らないが、反射にもまあ恐らく限界があるだろう。体表が削れたことを見れば明白だ〉

〈《ユキカゼ》反射の敵は倒したことある。反射できないくらいの強力な攻撃、もしくは物理以外の攻撃……〉

〈《Ｓｉｅｎｎａ》結局脳筋特攻以外方法が無いじゃない……。まあおバカな世迷言葉は単純明快な解決方法で良いかもしれないけれど〉

「お三方ありがとうございます！　まあ、それしかないよねぇ。でも問題は僕もキモラビくんも反射を破れるくらいの攻撃方法がないこと」

「後は一定攻撃後の反撃フェーズが面倒だ。当たれば私も貴様も死ぬ。反撃フェーズ中は回避に徹するしかあるまい」

う――――――ん、詰みかも!!

キモラビくんが増えても手数多くなっただけでどうしようもないんだよなぁ。

後は別に悩んでもいない孤独感がなくなったくらい？　全然どうでも良いんだけどね。

「なんかグダグダ悩んでるの僕らしくない‼　ちょっと行ってくるね‼」

「は？」

〈なんかこいつ走り出したぞｗ〉

〈おいこいつまさかｗ〉

〈やめろやめろｗ〉

僕はタイタンの方に全力ダッシュ……かーらーのー……、

「《一魂集中》ッ‼‼」

僕の拳はタイタンの膝くらいに当たって――とんでもない激痛が響いた。

「いったぁぁぁあああ！！！　――大丈夫⁉　世迷！　でもよぉ、言葉……！　拳が‼」

〈ネタ言ってる場合か〉

〈同一人物定期〉

〈グロいのやめてもろて〉

〈痛いんだろうけどネタ言ってる余裕あるのがおかしいんだよな〉

実際かなり痛い‼

今回《一魂集中》の触媒になったのは左腕。

サクッと片手でポーションを飲んで、反射されズタボロになった右手を復活させる。

「なーるほどね。コレが反射」

確かに単に硬いわけじゃない。

殴ってからじゃないと分からない感覚的なモノ。本体も硬いんだろうけど、反射が物を言わせてるなら何とかなるかもしれない。……まあ、反射を何とかできないから困ってるんだけどね！

「なるほどな。いきなり何馬鹿なことをしているのか、と思ったが自らの身で確かめたのか」

「いや全然違うよ？」

「は？」

「ただ運動したくなっただけだよ？」

「もう貴様キモい……」

〈しょんぼりキモラビ〉

〈こいつの行動に理由付けしたって意味ないで〉

〈奇行だから奇行なんだよ〉

〈直《じか》で話したら大体のやつこうなるだろうなw〉

〈むしろ学校で取り繕ってたのすごいわw〉

〈取り繕うというか学校で奇行するシチュエーションが無かったんやな……〉

〈ダンジョンが世迷を変えたのか……〉

〈この変わりようにはダンジョンもビックリすぎるだろ。突然変異やぞ〉

えー、散々な言われようじゃん。

別に奇行してるつもりはないんだよ？　僕は本能の赴くままに何も考えずに行動してるだけ。

「それに、変に考えたってバカなんだから良いこと思い浮かぶわけないじゃん？　ね？　体を動かしてリフレッシュしないとさ」

「ボスに無策で特攻することを体を動かすで済ませるな」

〈あ～、常識人のツッコミは染み渡るんじゃ～〉

〈人じゃないけどなｗ〉

〈魔物にツッコまれる人間とか終わってるだろ〉

〈世迷は人間じゃない定期〉

〈言いたいことは分かるけど命懸けなのどうにかならんのか？〉

逆に命懸けじゃないことってなくない？

何するにしても僕の紙すぎるペラペラ防御力が邪魔するし、安全が約束されてることとしても楽しくないじゃん。人がスリルを求めるのと一緒だよ。

「うん、でも反射の感覚は摑《つか》めた。アラガミさんの言う通り、反射できないくらい強い力で攻撃したら破れる……と思う。多分」

「だから言っているだろう。先程からの課題はその強い力だと」

また振り出しに戻った。

でも焦ることはない。僕は一先《ひとま》ず笑顔でキモラビくんに言った。

「とりあえず休憩しよっか。ご飯でも食べてさ」

「……分かった。手詰まりだからな。だが私はご飯など食べたことないが」

「……僕の腕は？」

「嫌だ。馬鹿になる」

〈馬鹿になるは草〉

〈消し飛ばされたかつてのスノラビくんは美味そうに食ってたのにな……〉

〈食ったから馬鹿になって馬鹿に消されたんだろ〉

〈食事とか排泄《はいせつ》とか必要としないのか〉

魔物が排泄するなら今頃ダンジョンは糞《くそ》だらけだろうし。体の作りがそもそも人間と違うんだろうね。僕は人間の体の作りすらも理解してないけど。

「よいしょ」

僕はショップから、水と食糧を購入する。

その様子を見ていたキモラビくんが、突如空中から物が現れたのを見て驚く。

「何だ今のは⁉」

「ショップ機能って言って、お金を払うことでダンジョン内ならいつでもどこでも商品を買えるんだ」

「随分と便利な物だな……。これが食糧か」

「う――ん、どうしよう」

袋麺二個を摑むキモラビくんに対して、僕は超絶渋い顔だ。だって、火はあるけど調理器具無いし。

「どうかしたのか？」

「調理器具が無いんだよね。器とかも。ここから加工して作るんだけど……」

「そうか……《中華鍋召喚》。これはどうだ？　というか貴様持っていなかったか？」

「え」

〈は？ｗ〉

〈なんでキモラビが持ってんの？ｗ〉

〈中華鍋召喚とか鬼ダサいやん〉

〈本格的に調理器具として使用されなくなってきてるぞこいつ〉

〈※中華鍋は武器ではありません。防具でもないです〉

〈《ＡＲＡＧＡＭＩ》戦闘時に纏っていた黒い鎧は恐らく中華鍋か。……くははっ！　中華鍋をｗ纏うとかｗ〉

〈キャラ崩壊してんぞ２位ｗ〉

〈確かにおもろいけど〉

サラッとキモラビくんが中華鍋を差し出してきた。あんなに求めていた中華鍋が。

はえ？　どゆこと……？

いや、そういうことか。キモラビくんの言い草的に《中華鍋召喚》はスキルだよね。ということは、キモラビくんがそのスキルを入手したことで、僕のショップのラインナップから中華鍋が消えたんだ。

ふーん……。

僕は泣きながらキモラビくんの胸ぐらを掴んで詰め寄った。

「お前えええええ！！！　許さないいぃぃいいいいいい！！！　僕の中華鍋えええええ！！！」

「何だ何だ‼　急に！！！」

狼狽《うろた》えるキモラビくんだけど、僕の怒りは収まらない。無い物は無い物として扱うけど、誰かのせいで無い物にされた結果については怒らないとスッキリしないよね！　って感じ。

というか中華鍋くんをあんな風に使えるのも、僕よりも使いこなしてて癪なのもある。

「君がそのスキルを手に入れた結果、僕が中華鍋くんを使えなくなったの！」

「いや知らんが……。文句ならスキルに言ってくれ」

「うぅ……僕の中華鍋くん……。まあ良いか」

「良いのか」

「文句言ったら気が晴れたし。僕は悲しいことは引きずらないようにしてるんだ」

〈すぐ忘れるだけだろｗ〉

〈切り替えの早さに関してはすごい超えてキモいんよな〉

前にも言った気がするけど悲観しても意味ないからね。でも僕だって人間なんだから悲しみはするよ。怒りもする。……すぐ気にしなくなるけど！

「じゃあご飯食べようか」

＊＊＊

僕たちはサササッと袋麺を調理して食べた。

ちなみにメルヘンな顔で麺を啜《すす》ってるスノラビくんの表情はなかなか面白かった。絶望的な似合わなさに笑っちゃったらキレられた。だから僕もキレた。

いやだって無理があるでしょ。むしろその顔で笑わない方が失礼だと思うんだ。

「笑顔は僕を幸せにするんだよ」

〈自己満足じゃねーか〉

〈別にお前を幸せにしたいとは誰も思ってないんよ〉

〈《Ｓｉｅｎｎａ》あんたのは笑顔というより嘲笑でしょう〉

〈言えてる〉

〈そうやってすぐ調子乗るから地獄見るんだよな〉

〈ここが地獄定期〉

さて、お腹《なか》いっぱいになったしそろそろ動こうかな。

ここで足止め喰《く》らうのも勘弁だし、まだまだ先は長い。タイタンくんには悪いけどここらで是非とも退場して欲しい。

君は配信の見栄えが悪いんだよね。岩だし。

「腕も復活した。一度の戦闘で《一魂集中》が使えるのは四回まで。でも普通の戦闘じゃ役に立たないから決め技として使いたいよね。……あれ？　《一魂集中》が使えない僕って何もできないのではない？」

〈だってお前攻撃全振りの脳筋だもん……〉

〈防御も捨ててるし肉壁になろうとも物理的に肉になるわなｗ〉

〈物理的に肉は草〉

〈不味《まず》そう〉

〈誰も食べねーよｗｗｗ〉

「ちょっと待って、僕の肉が不味いって誰が言ったのさ！　美味しいかもしれないじゃん！」

少なくとも消し飛ばしたスノラビくんは美味しそうに食ってたし。

〈そこで張り合うな〉

〈食べられる前提なん？〉

〈バカになるから食いたくないですねぇ……〉

〈栄養無さそう〉

「アミノ酸くらいは配合されてないかな」

〈バカノ酸〉

〈多分お前アルカリ性〉

〈ph14が黙れよ〉

〈どういう罵倒ｗ〉

「分かりづらい罵倒仕掛けるのやめない？　何、ph14って」

「酸性、アルカリ性を示す数値のことだ」

「何で逆に君は知ってるの⁉」

何でもないようにキモラビくんは言ってるけど、魔物の方が教養あるのは不思議すぎるよ！　インプットされる情報に偏りあるんじゃない？　習ったはずの僕が憶《おぼ》えてないのに。それはただ単に記憶力がカスなだけかも。

「とにかく！　一人で無理なら二人で攻めるのみ！　キモラビくんが攻撃の主軸で、僕がサポート！　具体的にはポーションを後ろから投げつけたりする」

「荷物持ち以上、サポート以下だな」

「そこうるさい！　で、それなりに弱ってきたら僕とキモラビくんで最大の攻撃を仕掛ける、的な」

僕の作戦とも言えない何かに、キモラビくんは渋々といった表情で頷《うなず》いた。

「まあそれしかあるまい。どのみち攻撃手段は限られている。ちまちま削るのが良いだろう」

〈これは珍しく妥当な作戦〉

〈本人はポーション投げつけるだけだけどな〉

〈《ＡＲＡＧＡＭＩ》突飛な作戦が見られると思ったが……〉

〈《Ｓｉｅｎｎａ》どうせあの馬鹿だから作戦なんて途中で瓦解して変更されるわよ〉

〈《ユキカゼ》もう少し信じてあげようよ……〉

「ま、僕は信用も信頼もされないからね！　むしろ変に信じられて期待されるのも困る。僕は僕の流儀で、ありのままで頑張るだけ」

――格好良いこと言ってるけど考えるのが面倒なだけとか言えない。

〈考えるのが面倒なだけだろ〉

バレてるんかい。

実際その通りなんだけど指摘されたらムカつくかも！

「よし、行こう」

「不本意だが協力プレイといこう」

仏頂面から分かる通り、キモラビくんは不承不承といった様子だ。でも何だかんだ言いながら手伝ってくれる辺り、別種のツンデレかなと思ってる。

8. やったね！　協力プレイだよ！

――戦いはキモラビくんの拳から始まった。

勿論《もちろん》全然効いていないし、殴ったキモラビくんが痛そうにしてるけど、それでも戦いの狼煙《のろし》は上げられた。

僕は少し離れたところで《アイテムボックス》を全開にして、指の間にポーションの小瓶を挟んでポーズを取っている。

〈何してんのこいつ〉

〈さあ……？〉

僕の役目はポーションを投擲《とうてき》してキモラビくんを回復させること。回復役がいればそれだけ攻撃に集中できるし、傷を恐れないキモラビくんの攻撃力はもっと上がるに違いない。

「くっ……滅法硬い」

キモラビくんが直立不動のタイタンくんに攻める！　攻める！　その度にドゴンドゴンと打ち付ける音と衝撃波が響く。その振動だけで死にそうなんだけど、僕。虚弱舐《な》めないでほしい。

「がんばれ――」

「呑気《のんき》だなクソ!!」

苛立《いらだ》ちを隠し切れないキモラビくんに、僕は猫撫《ねこな》で声《ごえ》で声援を送る。心なしか攻撃力が上がってない？

「やっぱり感情の力って大切だよね。ほら、キモラビくんの攻撃のキレが増してる」

〈キレが増してもキレた矛先は世迷《よまい》なんよ〉

〈これが作戦とかなら納得すんだけど、世迷の場合は素で煽《あお》りだからなぁ……w〉

〈さすが感情の力だけで乗り切ってきた男は違うな！w〉

〈フィーリングモンスター、世迷〉

流れる罵倒コメントを尻目に、僕はキモラビくんの右の拳が駄目になったのを見て、素早くポーションを投擲。

瓶の蓋が外れる角度を勘で設定して、

「シュート！」

――はい、ゴールしましたね。

「――なんだ⁉　……世迷か」

突如傷が治ったことに驚くキモラビくんは、後ろでニヤつく僕を見て納得したように頷《うなず》いた。

なんだ世迷か、ってなに？　感謝とかないんですか‼

〈はい曲芸〉

〈久しぶりに見たわ、その気持ち悪い挙動〉

〈意味分からん〉

〈高速でポーションの瓶投げて……蓋が外れて……ぶっ壊れたキモラビくんの右手に液体だけが掛

かって……治る。……どうしてその技術を戦闘で活《い》かせない？？？〉

〈《ＡＲＡＧＡＭＩ》真似《まね》できない範囲なのが面白い。投擲のスキルがあってもあんな芸当は不可能だ〉

〈世迷はサポート役の方が光る説〉

〈我慢できなくて無駄に飛び出すからサポート適性無いだろ〉

えー、だって自分で色々やった方が性に合うし。頼るとこは頼る……というか頼ることしかないけど、最終的に何とかするのは僕自身。じゃないと行動力とか無くなりそうだし。

「《円纏《えんてん》・刺突《しとつ》》……ッ！」

回復を見届けたキモラビくんが、メルヘンな顔を苦々しげに歪《ゆが》めて叫ぶ。

腕に纏《まと》っていた中華鍋くんを、針のように細長くして放つ一撃らしい。中華鍋くんの耐久力と攻撃力は折り紙付きだ。

——でも与えたダメージは浅く、タイタンくんの体表をちょびっと削るのみ。

「……キモラビくんがさっき与えたダメージも回復してるっぽい……？」

僕の《一魂集中》のパクリみたいな技でキモラビくんが抉《えぐ》り取《と》った傷もいつの間にか消えてる。

ただでさえ硬いのに再生のスキル持ちとかズルすぎる……。

「戦闘中に再生とかズルい‼」

〈おま言う？〉

〈お前が言うな〉

〈ポーションゾンビは黙ってもろて〉

〈ブーメラン乙ｗ〉

「僕のは自動回復じゃないからセーフですぅ！」

ポーションの蓋を開けて飲む、って工程を挟んでるからセーフにしてほしい。

〈ダメですぅ‼〉

〈回復は回復だろｗ〉

〈おい前‼〉

〈《ユキカゼ》前危ない！〉


——とか言い争ってたらすぐ目の前に岩の拳が迫っていた。


「へ？」

「反撃フェーズだ！　逃げろアホ！」

「もうちょっと早く言っ——うひょいっ⁉」

避けつつ憎まれ口を叩《たた》こうとした瞬間、直前までいた場所に岩の拳が当たって、僕は大きく吹き飛ばされる。

あっぶな……！　直撃してたらミンチだった。

「あわやミンチでピンチ、ってね」

〈は？〉

〈つまんねぇギャグ言ってねぇで逃げろカス〉

〈一回ミンチから再生したら？〉

〈脳は……！　脳を再生して頭良くなったりは……！〉

〈（あるわけ）ないです〉

〈というか全然その場から動くじゃんｗ〉

〈封印状態どこ行ったｗ〉

残念なことに僕のギャグはリスナーには不評だった。結構良《い》い線行ってると思ったんだけどなぁ。

「ホントじゃん。めっちゃ動くじゃんこの岩」

……っと、危ない！

流石《さすが》にここからはコメント見る余裕がないかも。

僕はポケットにスマホを仕舞い込んで、拳を避けることに集中し始める。

「幸いっ、図体《ずうたい》でかいだけあってっ、動きはっ、遅いみたいっ、だねっ‼」

とは言っても避けるので手一杯なんだけどね！

おまけに距離を取らないと、タイタンくんの拳と地面がぶつかった瞬間に衝撃で吹っ飛ぶ仕様まである。何てクソゲー！

「まるで弱者への配慮がない！」

〈あってたまるかよ〉

〈ここダンジョンぞ？　遊戯場ちゃうねんて〉

〈攻撃遅いだけ配慮だろ〉

〈※なお余波で簡単に吹き飛ぶ模様〉

僕は広い部屋を駆け回る。

キモラビくんはさっさと退散していて、遠目から僕を若干ニヤつきながら観察していた。

「あいつめ!!」

さっきの意趣返しのつもりか、僕に攻撃のヘイトを集中させてニヤニヤしている。あんな可愛《かわい》い顔をしておいて酷すぎる。人に倫理観とか道徳を説いたくせして結局倫理観無いじゃん!!

「でも道徳の無さで言ったら断然僕の方が上なんだよね」

僕はポーションを素早く取り出し、いつものように口に含む体勢を取る。これぞゾンビ戦法！

そして、タイタンくんの攻撃の方向を調整。ベストポジションに誘導したら――ギリギリで攻撃を躱《かわ》す！

「ふぐぐぐぐっっ」

〈何やっとん？w〉

〈なんか自ら攻撃食らってってった？〉

〈距離取るためか？〉

〈あ、その方向って〉

〈《ＡＲＡＧＡＭＩ》ん……？　なるほどそうか〉

当然凄《すさ》まじい衝撃が体中を襲って、めっちゃ痛い。何がどうヤバいって物理的攻撃判定がある風に当たったみたいな感じ？　自分でも何言ってるのか分からんけども。

だけど、

――そのお陰でキモラビくんの方向に吹っ飛ぶことができた。


「何でこっちに⁉」

キモラビくんが顔を驚きに染めて、吹っ飛んでくる僕を呆然《ぼうぜん》と眺めていた。

ふふっ、ははっ‼　ざまぁみろ！

やってやったぜターゲットチェンジ！　この場合どちらかと言うとチェンジじゃなくてターゲット増やしただけだけどね‼

「地獄の果てまで付き合うよ！　キモラビくん！」

ニコッと微笑《ほほえ》むと、キモラビくんは怒りと若干の恐怖？　を浮かべて叫ぶ。

「もうこいつ嫌だァァ！！！」

「はははははっ‼‼」

僕たちは一斉に走り出した。

それはさながら鬼ごっこのようで、狼《おおかみ》くんとの駆け引き（？）の数々を思い出す。

懐かしいなぁ……あの頃の必死感を思い出すよ。今も生きるか死ぬかのデッドヒートなんだけど。

けれども……。

「今の僕は一人じゃない！」

〈いや巻き込んだのお前だろ〉

〈一人じゃない！（道連れ）〉

〈事実だけを挙げて過程を誤魔化すの良くないと思います！〉

〈草〉

〈キモラビくんがドン引きしてるｗｗｗ〉

〈ただの被害者なんよなぁ〉

〈笑顔が怖い定期〉

ドスンドスンと後ろから大きな足音と、絶えず降り注ぐ拳の攻撃の嵐。僕たちは必死に足を動かしながら互いにヘイトを集中させようとしていた。

まあ、でも射程圏内にいる時点でどっちもターゲットに認定されちゃってるんだけど。

「あっぶな！　足遅いのに一歩の大きさで距離縮まるのズルいと思う!!」

「四足歩行時代が懐かしいな……」

「そういえば何で僕と同じくらいの速度なの？」

「私の《一心・集中》のデメリット効果だ。力に比重を注いだ結果、防御と速度を捨てることになった。最も防御面は《中華鍋召喚》で何とでもなるが。故に速度で逃げ回ることは不可能だ」

「役立たずぅ！」

「自己紹介か!!　よく自己投影ができていると思うぞ！」

　軽口を叩き合いながら逃げて、避けて、攻撃を押し付け合う。やってることが醜いよ！　え、僕？　魔物に魔物をぶつけることの何が悪いの？　って精神でやってる。

〈こいつら謎に仲良いな〉

〈ここに来て連携見せてるの草なんだが〉

〈《ARAGAMI》くそ、私の世迷言葉《ことは》が。あの兎《うさぎ》、喋《しゃべ》り方《かた》がキャラ被《かぶ》りしてて嫌いだ〉

〈私怨草〉

〈大人気ないぞ2位〉

〈間違ってもお前のではないｗ〉

　ボロボロの体をポーションで治しつつ、僕たちは未《いま》だに走り続けている。反撃フェーズが今度ばかりは長くて、攻撃しない反射タイプはどうしたんだよ、と不思議に思った。

「キモラビくん、どうする！　このまま逃げ続けてても何とかが明かない」

「埒《らち》」

「多分それ」

　僕の間違いを冷静に指摘して、キモラビくんは走りながら焦りを浮かべた。

「正直アレをどうにかする策は持ち合わせていない。それは貴様も同じことだろう？」

「うん。だけど考えなきゃ意味がない。キモラビくんは思考放棄し過ぎ。聞いて、考えて、試さないとダメだよ」

「チッ」

〈正論ではある〉

〈世迷に論破される兎がいると聞いて〉

〈本当に時々正論出すから困るんよ〉

キモラビくんはそれ以上何も言わなかったけど、表情は至って真剣で作戦を練ってることだけは分かった。

ちなみに僕は考えても何も思いつかない。いつも通りだよね！

だから僕は攻撃を避けることに慣れてきたタイミングでスマホを取り出す。

「キモラビくん！　攻撃の方向だけ教えて！」

「なに？　……あぁ、分かった」

「と、いうわけで何も思いつかない！　この状況を何とかすることができた人には、脱出後に握手します」

〈いらねぇwww〉

〈何とかするなってことか？〉

〈誰得なんだよw〉

〈《ユキカゼ》握手……良い〉

〈《ARAGAMI》ふむ、ふむふむふむ〉

〈……いたな〉

〈得するやついたわ〉

〈イコール名指しじゃねぇか〉

僕のご褒美提供にやる気を見せるアラガミさんとユキカゼさん。シエンナさんは僕に対してそれなりに引いてるから無いとして、何とかしてくれるとしたらこの二人しかいない。

他力本願の天才の僕としても、何とか頑張って欲しいものだね！

決定と実行とアレンジは僕がするから、失敗しても責任は僕だし。

「右」

「ほいっ！」

「左、次右上から斜め左」

僕はスマホに目を移したまま軽快に攻撃を避ける。

〈えぇ……こいつ見ずに避けとる……〉

〈キモラビのこと信用しすぎだろｗ〉

〈まあこの状況で裏切るのも意味ないしな〉

〈ただこいつ右左とか理解できてたのか……〉

「いや流石に左右は分かるよ⁉　馬鹿にしすぎじゃない？　箸を持つ方が右。リスナーと握手する方が左でしょ？」

僕はニッコリと笑った。

〈喧嘩《けんか》売ってんじゃねぇか〉

〈良くその知識は持ち合わせてたなw〉

〈左手で握手＝敵意を示す〉

なんか適当に調べたのが印象に残ってたんだよね。意味まではぶっちゃけ忘れてたけど。

でも普段から僕に敵意マシマシのコメントしてるんだからそれくらいの仕返しは許して欲しい。

いや許せ！　カス！

「左上から叩きつけ」

「はーい」

衝撃が響く中、僕は余裕を持って躱す。

僕とキモラビくんが追われ始めてから、強力な攻撃のほとんどがキモラビくんに集中してるお陰で、何とか僕も避けることができてる。

何だろう、強い順かな。純粋にレベルも実力もキモラビくんには勝ててないからね。それが理由なら納得できる。

「そろそろ良い案出ましたか！」

さっきも言った通り、何か案が出るならアラガミさんかユキカゼさんからだと思ってた。

だけど――。

〈《ARAGAMI》少し待ってくれ。今纏めている〉

〈《ユキカゼ》もうちょっと……〉

《《Ｓｉｅｎｎａ》違和感があったわ。反射という能力を持ってるなら、攻撃中でも自壊を防ぐために、どこかで反射を使用しているはず。だけど、攻撃中タイタンは両拳とも微妙に負傷してる。つまり簡単に説明すると、反撃フェーズの最中は反射が発動しない、ということよ。反撃には反撃を。今が攻め時よ。とは言っても個々人のスキルじゃ素の硬さで弾《はじ》かれるわ。そこはあんたが何とかしなさい〉

――意外なことに、案というかアドバイスはシエンナさんからのものだった。

「シエンナさん!!　ありがとうございます!!」

〈《ＡＲＡＧＡＭＩ》くっ、思わぬ伏兵がいたものだ〉

〈《ユキカゼ》間に合わなかった……〉

〈世迷が作戦の幅を広げられるような良いアドバイスだなｗ〉

〈君らはどこで争ってんの？ｗ〉

〈確かに反撃中に反射が発動してる様子がないな〉

〈防御に徹していたからこその盲点だな〉

〈え、これ世迷がキモラビに言った言葉あってたやんｗ〉

「ふっ、計画通り」

〈嘘《うそ》つけ〉

〈嘘は良くないぞ〉

〈黙っとけ〉

ひどい。

実際本当に気づいてなかったし、追われてる時に気づく余裕もなかったよね。それはキモラビくんも同じことだろうし。

「キモラビくん、反撃の最中は反射が発動していない可能性があるって。僕とキモラビくんの力を合わせた最大火力が必要」

キモラビくんは僕の言葉を咀嚼《そしゃく》して、厳しい顔つきのまま追ってくるタイタンくんを見る。

「確かに、な。盲点だった。ここまで派手に激しく攻撃を仕掛けてくる時点で何かがあるとは思ったが……。だがこの攻撃の嵐の中、近づいてダメージを与えるのは至難の業だ」

問題はそこだけ。

どう高火力の攻撃を当てるか。

〈こういう時遠距離の強い仲間がいたら変わってたんだけどな〉

リスナーのコメントに僕は頷く。

「魔法とか使えたら良かったんだけどねぇ」

「生憎《あいにく》と魔力は扱えるが魔法となると使えない。……まあ無い物ねだりしたところで――」

「――待って今何て言った？」

「魔力は扱える……あぁ《一心・集中》は魔力を纏って攻撃するスキルだ。人間は知らんが魔物には魔力が必ず備わっているからな」

僕はキモラビくんのなんてこと無い発言に引っ掛かった。

何か光明が見えるような。ようやく先へ進む糸口を発見したような興奮気味の感覚。言葉で説明することはできない。バカだから。

でもこういう時のバカの感覚は馬鹿にしちゃいけない。バカだけに。

バカは感覚で生きてるんだ。だから人一倍勘とか生存本能？　みたいのが強い……たぶん。

「世迷言葉？」

キモラビくんの呼びかけに返事ができないくらいに、僕はひたすらに考え込む。……半ば自動的にタイタンくんの攻撃を避けながら。

——考えろ。考えろ。

魔力を扱える？　魔力ってなんだっけ。魔法を使う素？　キモラビくんのスキル的に身体能力も上げるのかな？

他に何か……。

その時僕はつい先日の言葉を思い出した。

『《《Ｓｉｅｎｎａ》説明するわ。発電……風属性なら風力発電に使われるわね。ゴウンゴウンプロペラが回ってるやつよ。自然の風が無くても魔石があれば回せるのよ。後は、機械類……飛空艇のエネルギー回路にも使われているわ。魔石が大きければ大きい程エネルギー量は多いわ。その大きさなら一ヵ月は飛空艇を運航できるわね〉』

『《ＡＲＡＧＡＭＩ》属性魔石なら、魔力を込めれば……あぁ、いや、何でもない〉』


この二つのコメント。

魔石で自然の力を扱えて、なおかつ魔力を込めればそれが発動できる。

「――魔石だ」

僕の《アイテムボックス》には魔石が結構な数入ってる。鉄球くん轢《ひ》き轢きチャレンジでも、道中の魔石は全部回収したたし。

その中で使えそうなのは――。

「スノラビくんの風の魔石」

何せ未踏破地帯の魔物の魔石。なかなかすごいエネルギーを秘めてるんじゃない？

風を起こす……キモラビくんは中華鍋召喚ができる。


――僕は笑った。


いつものように。気持ち悪いと言われる笑みを。

それは僕にとって作戦が決まったことを指す笑みだった。

「――ドキドキッ！　人間砲台作戦!!」

「⁉」

「勿論砲台は僕‼」

「⁉」

9．やったね！　人間砲台だよ！

「作戦が決まった。意見は聞かない！　何か別の作戦があったりする？　無いね！　オッケーやるよ！」

〈暴君発動ｗ〉

〈ワイらも色々分かってないんだけどｗ〉

〈うおおお！　作戦！〉

《《ＡＲＡＧＡＭＩ》来たか……待ちわびていた〉

《《Ｓｉｅｎｎａ》喜びよう半端ないわね……〉

《《ユキカゼ》がんばれ〉

キモラビくんの疑問点をフル無視して、僕は無理やり意見を押し通す。ここまで見てきたキモラビくんの性格的に、何か思い浮かんだとしても、それは堅実で時間のかかる策だと思うんだ。

そんなんじゃボスは絶対に倒せない。所々理不尽を突きつけながら無茶や無茶振りを乗り越えた先にクリアがある。

挑戦する、って意志がないと勝てないよ。

「あぁ、もう分かった！　今は貴様に従う！」

「よし来た。まずは中華鍋くんを召喚して貰《もら》っても良い？」

「了解した」

キモラビくんは走りながら器用に中華鍋を召喚してみせた。愛用していた中華鍋くんそのままだね。この曲線美と艶《あで》やかな漆黒……素晴らしい。

〈なんでこいつ中華鍋触りながらうっとりしてんの？〉

〈変態だからだろ〉

〈なるほど納得〉

いや久しぶりでついついね？

まあ良《い》いや、次！

僕は《アイテムボックス》から緑色の拳大の魔石を取り出す。……キモラビくんに見せつけるように。

「これは君の同族が落とした魔石なんだけど」

「わざわざ言わなくて良くないか？　それに元よりスノーラビットという種族は捨てた。今更それに感慨を抱くこともあるまい」

ふーん。悪感情があるかどうか確認しようと思ったけど、本当に何も気にしてないみたい。進化したら考え方も変わるんだろうか。

僕はなるほど、と頷《うなず》いてから作戦を発表する。

「じゃあ、作戦を伝えるよ。すごく簡単なんだけど、僕の背中に中華鍋くんと魔石を貼り付けます。それをキモラビくんが《一心・集中》で僕ごと殴ります。後は勢いで僕が倒します。以上!!」

〈何だその結局行き当たりばったりっぽい雑な作戦はｗｗｗ〉

〈理屈は分かるけど絵を想像したらシュールなんだがｗ〉

《ＡＲＡＧＡＭＩ》なるほど。だが課題は多い〉

「待て待て待て。そんなことしたら貴様の内臓とか骨とかがグチャグチャになって死ぬぞ」

「でぇじょうぶ！　ポーションがある」

それは僕も考えたけど、よく考えれば亀くんに対して似たようなことやってるし大丈夫じゃないかなぁ、って。

それに誰かを犠牲に、とかじゃなくてこの役回りは僕がしたいんだ。馬鹿な頭じゃこれが精一杯の作戦。

「……はぁ。真剣なことは分かった。貴様がそうまで言うなら信じよう。だが一切の責任は取らんぞ」

「分かってるよ」

実はこのシリアスな会話、タイタンくんの攻撃を飛んだり跳ねたりして避けながらしてるんだけど、なかなかにシュールだよね。でもこれ言ったら叱られるから言わないでおく。

「走りながらさっさと装着しろ。暇はないぞ」

「はーい」

僕はショップを開いて《着替え一式》から紐《ひも》っぽい物、と念じて購入する。

「お、ストッキングじゃん。良いね」

紐の代用品にできるね。

僕は中華鍋くんと僕の体を合・体！　して、ポーションを手に持てば準備万端だ。

後はキモラビくんが僕の背中に貼ってある魔石ごと《一心・集中》で攻撃すれば問題無し。


——いよいよ見えてくる最終局面。

キモラビくんは幾ら僕が憎いとはいえ、全力で攻撃するのは気が引けるみたい。チキンだなぁ。

だから僕はニコッと笑って言ってやる。

「君ごときの力じゃどうにもならないから大丈夫——」

「——消えろカスぅぅぅうううう‼‼　《いっっっしん！！！　しゅうちゅううう》‼」

「なんか私怨混じってないいぃぃぃぃいいい⁉」

〈草〉

〈発破掛けるにもやり方があるだろw〉

〈消えろカスは草〉

〈《ARAGAMI》凄《すさ》まじい勢いだ……世迷言葉《よまいことは》は保つか？〉

背中に、これまで経験したことのないような衝撃が襲う。凄まじい痛みと、魔石が生み出した膨大な風。

吹き荒れる衝撃に任せて僕はそのまま意識を——、

「——落とさないんだよねッ‼」

〈おお！〉

〈吐血しとる〉

《Ｓ・ｉｅｎｎａ》舌を噛《か》んで気絶を回避したのね。やれるにはやれるのだけれど、突発的に舌を噛むって選択肢を取れるのは優位よね〉

舌を噛んで意識を覚醒、そのまま右手に持ったポーションを飲んで空中で復活！　する。

めっっちゃ速いスピード。

もうすぐタイタンくんにぶつかる。

このまま僕がぶつかったって、タイタンくんは何の痛みも感じない。ただ僕が爆裂四散して物理的に星になるだけ。多分一等星ね。

「貫けえええ!!」

――拳を構える。

いつでも頼りにしてきた相棒とも言える技を今！

「《いっっっこん！！！　しゅーちゅううう》!!!!」

途轍《とてつ》もない速度。

心なしか右の拳が青い光を纏《まと》っているように見えた。

「あああああっっっっ!!!!」

痛いっ！　痛いっ！　けどどうだって……良くないけど今は良い!!

遂《つい》に拳がタイタンくんの胸の辺りにぶつかって、微《かす》かな抵抗はあるけど徐々に僕の拳が岩を破壊していく。

〈いけえええええ！！！〉

〈今回だけは応援してやんよ！〉

《ユキカゼ》頑張れ！〉

もう少し！ もう少し力があれば届く！

行ける！ 行ける！

自分を鼓舞する。 拳は岩を突き抜け――ない！？

「ここに来て反射の切り替え！？ そんなのあり！？」

〈嘘やんおい〉

〈それはズルいわ！〉

〈ダメか……？〉

未だ空中に浮いたままタイタンくんとの競り合いは続いている。でも、いきなり抵抗が激しく……というより重くなった。このままじゃキモラビくんと同じように抗っただけで終了になる。

僕の心の奥に、「またもう一回やれば良いじゃん」とか甘えてふざけたことを抜かす存在がいる。

けど全力の一撃をもう一回とかさァ……ダサくない！？ 見栄え悪くない！？ 配信者として良くないんじゃない！？

だから僕は決める。

このままで終わっていいの？ 僕。

——嫌だね！


押し戻される前に、僕はもう一度叫ぶ。

「——《一魂集中》ッッッ！！！」

左の拳で僕は右の拳に《一魂集中》を打ち付ける。

一撃で足りないなら二撃で。

バカにできるのは愚直に攻めるのみでしょっ！

〈それもありかよｗｗｗ〉

〈《ARAGAMI》それでこそ世迷言葉だ!!〉

〈《Sienna》根性だけは褒めてもいいわ〉

〈《ユキカゼ》もうちょっと……そのもうちょっとをおねがい〉


——抵抗が弱まる。


少しずつ僕の拳はタイタンくんの体内に沈んでいく。あともうちょっと。そのもうちょっとまでが絶望的に遠い。

いや、勝手に遠いって感じてるだけ。

もうちょっとおおおおお!!

「あああァァァっ‼」

叫んで、叫んで、叫び尽くした頃。

——ようやくタイタンくんの体に大きな風穴を開けることに成功した。

＊＊＊

「あっ」

で、支えを失った体はどうなるかというと——当然落下する。

ヤバい、ポーション曲芸じゃ間に合わない！

体はボロボロで、落下の衝撃に耐えられるかは一か八か。

僕が衝撃を覚悟した瞬間、ぽすっという柔らかな感触とともに目の前にはメルヘンな兎《うさぎ》の顔が
……ふふふふふっ、ぐふふっ。

「あははっ！！！　ひーっ、ダメだ至近距離は耐えられなかったよ……くくっ」

「落として良いか？」

〈急にこれかよ〉

〈さっきの落差よ〉

〈つぱ世迷だったわｗ〉

〈まあいきなり至近距離にあの顔は笑うなｗ〉

キモラビくんの露骨に苛立《いらだ》った表情に、僕は笑いながら「ありがとう」と答える。

「どうなることかと思ったが……結果的に貴様の作戦は成功か」

「賭けだったよ。最後に反射が復活するとは思わなかったし」

「感情らしい感情が見られなかったが、あれはきっとタイタンの抵抗だったのだろう。神話に生まれし岩の巨人は生涯をここで閉じた、か」

「え、なに厨二病《ちゅうにびょう》？」

「黙れ」

「それに復活するでしょ、また」

ボスは復活する。これ僕でも知ってる常識ね。

鼻高々に知識を披露した僕。でも次の瞬間、その常識が覆った。

「復活するには復活する、が……記憶を継承した別個体だ。初代のようなアホみたいな理不尽な強さは無い」

「へ？」

〈まじ？〉

〈初耳なんだが〉

〈いや……初階層の攻略が一番死人出て、攻略後はそこまででもないけど……それって一回倒したら弱体化するからってことか？〉

《《ＡＲＡＧＡＭＩ》興味深いな。そして恐らくそれは事実だ》

《《Ｓｉｅｎｎａ》あまり実感したことないけれど、思い当たる節はあるわね。基本一撃だから分からないけれど》

《《ユキカゼ》……そうなの？》

なんかすごい重要な情報を聞いた気がする……けどまあ僕には関係ないから良いや。

だってこれからも挑戦するボス全員初討伐だもん！　あは（乾いた笑み）。

「多分最速討伐者は僕だと思う。ＲＴＡだよＲＴＡ」

〈お前がやってんのＲＴＡじゃなくてＲＴＢなんよ。リアル、ただの、バカ〉

〈草〉

〈ＲＴＡ……？　リアル、ただの、アホでは？〉

〈それだ〉

「ねえだいぶ苦労してボス倒したんだけど！」

〈はいお疲れ、解散！〉

〈ビール補充しないと〉

ダメだリスナー、やっぱりクズしかいない。

せめてまともな僕が何とか統制取ってるから比較的マシなものを……。とか言うと総スカン喰《く》らうんだよね、知ってる。

「――さて、私はもう行く。手を貸すのは今回ばかりだ。まだまだ力を手に入れなければならないからな」

「まあ、そういう約束だったもんね」

引き留めるつもりはない。

約束は守んなきゃだし、キモラビくんがしたいように自由にやればいいと思うんだ。

「あ、せめて餞別《せんべつ》にポーションでも貰っていってよ」

共に戦った仲間だし、それくらいは良いよね？　と《アイテムボックス》からポーションを取り出そうとした時、ポロッと真っ黒な石が埋め込まれたネックレスが落ちた。

「確かキモラビくんが倒したヤツから落ちたアイテムだったね。相変わらずなんか禍々《まがまが》しいなぁ」

すると、近くでメルヘンな顔を青褪《あおざ》めさせたキモラビくんがススっと距離を取りながら言う。

「お、おい、それを私に近づけるなよ。絶対だ、絶対。確実に百パーセント、だ！」

……ふむ。


――人間やるなと言われたらやりたくなるよね。


僕はポーイとネックレスをキモラビくんに投げつける。

「ウワァァァァ!!!!」

ネックレスがキモラビくんと接触するやいなや、キモラビくんが小さく……いや、黒い石に吸い込まれていって――三回光が点滅すると、そこには石の色が黒から白に変わったネックレスが落ちていた。

「あ、あれ？」

〈うーーん、と？〉

〈何を四天王？〉

〈世迷にやるなとか言うのが間違いだったんだよな……〉

《《ＡＲＡＧＡＭＩ》似たような物を見たことがある。恐らく、隷属の首飾りだ。相手を石へと封印し、いつでも喚《よ》び出《だ》すことができるアイテムだ。ふむ、まあ常にキモラビ限定の召喚スキルが使えると言っても過言ではない〉

一体何が起きたの……？　とあたふたしていると、アラガミさんのコメントで事の次第を把握することができた。

――まあ、つまり？

「キモラビくん、ゲットだぜ!!」

10. 乙女たちの語らい

「――そろそろ休憩にしましょう」

肩で息をする私を見て、ユミナが休憩を提案した。

「っ、私はまだ」

まだ行ける。その言葉は、肩をすくめたアレンにかき消された。

「君はもう限界だ。ここから先は足並み揃《そろ》えて行かないといけない。私も魔力が心許《こころもと》なくてね。ちょうど休憩所を見つけたし、休憩しようか」

自分以外の二人が頷《うなず》いたのを見て、私……風間雪音《かざまゆきね》はため息を吐きながら渋々頷く。

ここからは私一人の攻略ではない。勇み足で行くことが危険だということも分かっている。

だけれど、とにかく先へ進まないと、という焦燥感が身を焦がす。こんなところで休んで良いのか、と心の奥底にいる私が問い掛けてくる。

――現在二百四十八階層。

硫黄が噴出し、独特な臭いが漂う火山地帯。

世迷《よまい》くんのいた、溶岩やマグマ等が噴出していて歩くことさえ危険な五百階層とは違い、所々高温の液体が噴出する岩山の階層だ。

転移魔法陣で二百四十二階層まで飛ぶことができ、そこからは遅々とした歩みになっている。

「ふむ。やはり魔物が多すぎる。個々人の力量が足りていたとしても魔力総量、体力が保たないな」

「ポーションじゃ魔力は回復できないものね」

「仕方ないでしょう。彼も無事にタイタンを倒しましたし、そこまで先を急ぐ必要もありません」

この言葉は私に言っているような気がした。

焦るな、と。焦りはどこかで裏目に出る。パーティで行動している現在、休憩も必要か……と私は無理やり納得することにした。

休憩所は岩山にぽっかりと空いた洞窟で、私たちは各々道具を取り出して休憩をする。必然的に会話の種になるのは世迷くんのことだ。

「にしても世迷言葉《ことは》のガチシリアス一魂集中重ね掛けパンチは激アツだったな……」

「変な技名付けるんじゃないわよ……。まあ、私のアドバイスのお陰かしらね」

「あれは私の考えを横から掠《かす》め取《と》った君のズルさによるアドバイスだろう？」

アレンが世迷くんを褒め、シエンナがマウントを取る。何かシエンナは最近普通に世迷くんのファンになっているような気がする。おかしい……あんなに嫌がってたのに……。

実際人間性は生理的に嫌でも、配信者としての姿勢や探索者としての行動は認めているんだと思う。嫌いと言うときの表情にも嘘《うそ》はない。

「世迷くんの一番のファンは私。歴も一番長い」

——だから当然私も世迷くんについての会話に参加する。私が一番ファンなのは譲らない……！

「ハァ〜、これだから歴の長さで順位を付けようとする害悪古参勢は困る。私が一番知識を授け、出資もしている。仮に！　仮に順位を付けるなら私が一番だと思うがね」

「私はファンではないけれど、一番世迷に頼りにされているのは私よね」

「「は？」」

私たちは互いに睨《にら》み合《あ》う。

ここだけは譲らない。普段滅多に会話に参加しない私でも、世迷くんについての話は絶対参加する。……正直ちょっとだけ同じ視点で物を見られる人たちと話すのは楽しいと思う。

でも結局私の主軸には世迷くんがいて、それが焦りを生み出していることに変わりはない。きっとそんな私の焦燥を感じ取ってくれているのだと思う。

「皆さん落ち着いてください。それと、副長。出資の大半は私からの借金でしょう。誇らないでください。最近輪をかけてバカになっているのですから」

休憩所の探索から帰ってきたユミナは、相も変わらず冷たい表情で自身の主人を平然と貶《けな》した。

うん、でも借金でスパチャしてるのは事実だから……。

「まあ、良くも悪くも世迷言葉が私の価値観を変えたのは事実だ。そしてその変化が悪いことだとは思っていない。――見てみろ！　あれだけ弱かった！　それがたった数日であれだけ強くなっている！　私たちにはまだ手が届かぬともその時はそう遠くないだろう。楽しみだ、私は……ッ！」

「また始まった……。あんたの世迷への気持ち悪い歪《ゆが》んだ感情は知ってるからさっさと正気に戻りなさい。ま、逆走してボスを撃破している時点で強くなるのは必然よ」

「うん。世迷くんは強くなる。絶対」

私は自分の得物を握る。

硬質な感触が広がる中、私は日々成長を重ねていく世迷くんへ想《おも》いを馳《は》せる。

謝って……救出して、いつか一緒にダンジョン攻略を……なんて虫が良すぎるだろうか。

昔の私なら考えもしないことをずっと考えている。アレンと同じように、私はこの変化が悪いものだとは到底思えなかった。

「レベルも技術も力も劣っていて……けれど、負けずに強くなる。まるで御伽噺《おとぎばなし》の勇者みたいですね」

ユミナの言葉に、私とアレン、シエンナの三人は顔を見合わせて——真顔で首を横に振った。

「いや、あれは魔王とか邪神とかの類だ。間違っても勇者とかいう清廉潔白な存在ではない」

「正当なラスボスを倒した後に出てくるふざけきった裏ボスみたいな感じね。制作者が遊び半分で作ったようなアレよ」

「世迷くんが勇者なら多分今の今まで生き残れてない」

「確かにそれもそうでした」

互いに頷き合ってこの話題は終わる。

勇者ならきっと正統派に逃げる。世迷くんみたいに何を食べたらそんなこと思いつくの？　みたいな突拍子もない作戦は出ない。あれは世迷くんだから勝てた、って言える。

……？　なんか世迷くんの叫び染みたツッコミが聞こえたような気がする……？

世迷くんについて一頻《ひとしき》り話し、一段落着いた頃にユミナが思い出したかのように言う。

「――そういえば洞窟の奥に適温の温泉がありました。疲れを癒やすために入ってきては如何《いかが》ですか？」

「ＯＮＳＥＮ⁉　ホントに⁉　私、そのために日本来たようなものなのよね。でもいきなりダンジョンだったし……雪音、ユミナ、一緒に入りましょう！」

とびきりテンションを上げたシエンナが、ワクワクした表情で私の手を引いた。

――そこに待ったを掛けたのはアレンだった。

「待て。温泉に入るのは構わないが、その前に少し汗をかかないか？　疲労困憊《ひろうこんぱい》の中で温泉に入るのが最高だ」

その目は私を強く射貫《いぬ》いていて、汗をかこうなどと建前を口にしてきた理由が自《おの》ずと理解できた。

「腕試し……？」

「まあ、そんなところだ。君が世迷言葉の隣に相応《ふさわ》しいか、なんてね」

「相応しいか相応しくないかを決めるのは世迷くん。私たちが決めることじゃない」

「それでも――強い方が良《い》いだろう？」

アレンがニヤリと挑発的な笑みを浮かべる。

当然、舐《な》められているわけではなく、挑発だということは分かっている。それでも、世迷くんを引き合いに出された私が逃げるはずがない。

「――っ、上等……！」

私は二振りの短剣を抜く。

手加減無用。何かあってもポーションがある。

「大概あの二人って似た者同士よね。戦闘好きの気持ちは私には分からないわ」

「同r……失礼」

「もしかして、喧嘩《けんか》売ってるのかしら？」

「さあ、どうでしょうね」

そうして、私vs.アレン。シエンナvs.ユミナのバトルが突如として開幕した。

どちらのバトルも近接職vs.後衛職だが、正直このレベルになると関係ない。強い方が勝つ。単純明快で良い。

「生憎《あいにく》と君を近寄らせたくないのでね。こちらから仕掛けさせて貰《もら》おうか」

アレンのオッドアイの瞳が輝き、ローブがはためき始める。それはアレンが戦闘状態になったことを指す。

「《空間認知》《獄炎《インフェルノ》》」

――アレンの真髄は、《空間認知》による空間への魔法属性の付与。

簡潔に言えば、空間内を把握、支配して、普通は直線状に飛ぶはずの魔法をあり得ない軌道で飛ばしたり、何もないところから至近距離で魔法が飛んできたりすることもある。知っていないと対策のしようがない恐ろしい力。

——当然私は知っている。

「《雪化粧》」

短刀に魔力を込めて、スキルを発動させる。

足元に雪の結晶の魔法陣が浮かび上がり、周りの温度を強制的に下げる。そして、このスキルは魔法陣の中に侵入してきた魔法攻撃を自動で迎撃することができる。

「ふむ、まあ封じられるか。まさしく魔法使い殺しだ」

「魔力消費がバカにならない。あまり使いたくない手」

発動するだけで魔力がグングン減っていく。コスパは悪いが、魔法使いと相対した時は切り札となり得る。出し惜しみはできない。腕試しといえども本気であり、世迷くんまで賭けられたらやる気が出ないはずがない。

「——捻《ねじ》れろ《次元の支配者》」

「……っ、なっ⁉」

《雪化粧》が強制的に解除された……？

「私のスキルは空間に直接アプローチするものだ。君の《雪化粧》とやらも空間認知内での出来事だ。強制解除くらいは訳無いさ」

「……ズルい」

意味が分からないくらい強い能力。けれど無敵じゃない。魔力を込めて発動するプロセスは一緒。魔力は無限にあるものじゃない。そう何度も大技を繰り広げることはできない。

……攻めるしかない！

私は左の短刀に雪の属性を、右の短刀に風の属性を付与する。私がユキカゼと名乗る原点。

その力を以《もっ》て挑む。

「《雪風》」

「《空間認知》《次元切断》」

――洞窟内に轟音《ごうおん》が響き渡った。

＊＊＊

「で、どうだったのかしら？」

「……負けた」

「でしょうね」

「ちなみに私も負けたわ」

そうして二人でズーンと項垂《うなだ》れる。

カポーン、という効果音が聞こえそうな温泉に私たち三人は入っていた。天然の岩山の窪《くぼ》みに温泉が湧いていて、それ故にゴツゴツしてて少し痛い。

「良い線はいっていましたよ。ただ私との相性が絶望的に悪いだけです」

ユミナが苦笑しつつ慰めるように言った。

「何でボールペンがあんなに強いのよ……」

正直慰めは追い打ちにしかならないような気がするけど……。

「……筆記魔術、だっけ……？」

「ええ。ボールペンを媒介にした魔法系統のスキルです。様々な属性の魔法を込めることができる上、私には《アイテムボックス》があるので、何万本というボールペンを保管することができます」

何それ強い……。主従揃って反則級に強い。

たぶん、《筆記魔術》を発動させるのに魔力は然程《さほど》消費しないだろうし、予《あらかじ》め魔法が刻まれたボールペンを作って保管しておけば、無限に魔法が使えることと一緒だ。

「ペンは──────」

「ペンは剣よりも強し、って言いたいんでしょう。私の祖国の言葉だから知ってるわよ。それでも限度があると思わないかしら？　斧《おの》をペンで防ぐのよ？　幾ら私が物理特化とはいえバグよ、バグ」

「まあ、強者への対策は常にしています。当然シエンナ様への対策もしていますよ。故に半年掛けて刻んだ《物理無効》の魔法を使用したのです」

「それもうハメ技じゃないの!!」

「腕試しで使う技じゃない……」

そこまでして勝ちたかった……？　いや、多分その《物理無効》が効果を発揮するのか実験したかった……んだと思う。推測だけど……。

「はー、もうこの話はやめにしましょう。折角気持ち良く温泉に入ってるのだから……ふぅ」

「そうですね……はふぅ」

肩までしっかり浸《つ》かって、気持ち良さげな声を上げるシエンナ、ユミナの両名。

正直、ちゃんとした温泉に入った方が気持ち良い。けれど、疲れ切った体。仲間とともに入ることの状況。ダンジョンという特殊な空間。

それらがスパイスになっていて、満足感に満ちていた。

「日本人ってこんな素晴らしいものに毎日入ってるのね……ズルいわ……」

「毎日じゃない……けど、大体近所に施設がある」

「銭湯ですとか、温泉……日本人は水の扱い方が上手《うま》いと思いますね」

別に外国に温泉が無いわけじゃないんだろうけど、こういうＴＨＥ・温泉みたいのは少ないんだと思う。

「ふぅ……」

ユミナがぐぐっと腕を伸ばす。

彼女の肩には大きな傷痕があった。入る前にそれは見ていたが、人の傷に触れるものじゃないと私もシエンナも何も言うことはなかった。

しかし、私の視線に気づいたユミナは、ふっと微笑《ほほえ》んで語り始める。

「この傷が気になるようですね」

「……ごめん」

「謝ることはありません。この傷は私にとっての戒めであり、誇らしいものでもあるのですから」

「誇らし、い……？」

意味が分からず首を傾《かし》げる私。シエンナは耳を傾けながらも、じっとしている。

「そうですね。日本には裸の付き合いなる言葉があるようですし、少し語りましょうか」

ユミナは愛おしそうに傷を触りながら言う。

「十年前のことです。元々私と副長は幼なじみでした。当時私が15歳。副長が11歳でしたね。副長は幼少期から神童と持《も》て囃《はや》される程に才能に溢《あふ》れていて、私はただの学生でした。家が近所で、たまに遊びに付き合う程度です。しかしなぜか懐かれていまして。……まあ、私は昔から歯に衣着せぬ物言いでしたので、それが心地よかったのでしょう」

何となく想像できた。

持て囃されているが故に今のアレンという傲岸不遜な性格になったのだろう。だが、傲慢というほどでもなく、自身の実力に裏打ちされた物言いだ。調子に乗り、何かを過信することもない。

普通持て囃され、持ち上げられれば、人は堕落し調子に乗る。

きっとそうならなかったのは、何でも言ってくれるユミナという存在がいたからなんだと思った。

「昔から生意気でして。どうにも突飛な行動をする副長を叱ったり、当時からダンジョンに潜っていた副長相手に実力行使をするのは大変でした」

「あんたたち、昔からそんな仲なのね……」

呆《あき》れ顔《がお》でシエンナが呟《つぶや》いた。

「ええ、ただその時は生意気な弟、くらいにしか思っていませんでした」

「今は、違う？」

今の彼女らは姉弟と言うよりは、絶大な信頼を誓い合った対等な仲間、というように見える。

「はい。私は副長に対抗するために探索者になったのですが、三年後……今から七年前にとある大災害が起こりました」

「アメリカ北部ダンジョン災害ね」

ダンジョン災害とは、突如としてダンジョンの魔物たちが地上に攻めてくる現象のことで、災害という文字通りいつ起こるか、なぜ起こるのかは不明だ。

一般人には対処不可能。探索者ですら対処は非常に困難である。

「例に漏れず私も副長も招集され、肩を並べて戦いました。しかし魔物の強さはかなりのもので、苦戦を強いられました。……焦っていたのでしょう。年下《としした》の副長はとてつもない速度で強くなっていく。私など簡単に追い抜かれてしまう。そうして副長は私を見なくなっていく――と」

「焦り……」

理由は違っても、今の私のようだと思った。

身を焦がすような焦燥感。あの時、焦る私を納得させたのもユミナの言葉だった。きっとそれは同じような経験があったからだろう。

私はじっと耳を傾けた。聞かなきゃいけない気がした。

「焦る私は功を得ようと奥へと突っ走りました。当然倒せば倒すほど魔物の強さは段階を増します。特に私は後衛職ですから、どんどん傷は増えていきました。何せダンジョン外ですからポーションを買うこともできません。ひたすらに焦り、無謀な特攻を繰り返して……その先で私へと放たれた致命的な攻撃は――副長に庇《かば》われたことで事無きを得ました。絶句している私に、副長は――」

「「……ごくり」」

「――『全部終わったらクレカの利用限度額を引き上げて貰おうか』と言って倒れました」

「「えぇ……？」」

感動的な言葉が飛び出すのかと思ったらいつも通りのアレンだった……。ある意味期待を裏切らない……。

というかその頃からユミナのお金を使って何かしてたんだ……。借金に対して叱られても反省が見られないから疑問に思っていたけど……昔からの話か……。

「まあ、私を安心させようと冗談を言ったのかもしれませんが。ちなみに後日、クレカの利用限度額は引き上げました。満額使われました」

「言ったらやるわね、あいつの性格上」

「じゃあ、その傷は……？」

「庇われた攻撃の余波で出来たものです。その時、ようやく私は焦りから解放されたのですから。あの言葉は焦らずとも共にいる、ということも伝えたかったのだと私は思います」

「「………」」

私とシエンナは「本当か……？」と内心で疑問符を掲げた。……が、当の本人がこう言っているのだからそうなのだろう。

「雪音様は昔の私にそっくりです。しでかした事の大きさは、もう貴方《あなた》の中で何度も葛藤したことでしょう。大事なのはその後です。世迷様は貴方を助けようと尽力しました。貴方は貴方で世迷様を助けようとしています。焦る必要も、過度に罪悪感を抱く必要もありません。貴方は感謝を。謝罪の言葉よりも感謝を伝えてください。それが彼の望むことでもあります。私と同じ轍《てつ》を踏まぬように……そう願っています」

ユミナはそう締めくくった。

状況が違っても、過去の自分と似ている私を放っておけなかった。言外にそう語ったユミナは、微《かす》かに微笑んでいた。

アレンの前では滅多に見せないであろう笑顔。それが照れ隠しであることが、今明確に理解できた。

「うん……。ありがとう」

私は素直に頷いた。

有り難いと思った。それと同時に、私を内側から蝕《むしば》んでいた焦燥感が薄れていった。

焦っても良いことはない。着実に堅実に。結果的にそれが世迷くんを助ける道標になる。

「ふぅん。結局先輩からのアドバイス、みたいのにかこつけて馴《な》れ初《そ》めを話したかっただけじゃないの」

ケッ、と苦い表情でシエンナが毒を吐く。

……が、ユミナはそれに答えず微笑みで返した。それを見たシエンナが再び毒を吐く……という構図。

しばらくその応酬を眺めていると、シエンナがヤケクソ気味に私に話を振ってきた。

「もうどうせならよ、あんたも話しなさい！」

「私……？」

「あんたのやらかしは知っているけれど、多分世迷を助けようとしてるのはそれだけじゃないはずよ。詳しく話しなさい！」

その瞳は逃さないと言わんばかりに輝いていて、私は退路が完全に塞がれたことを悟った。

……まあ、減るものじゃないし、と私は話し始める。


「私と世迷くんは――――」

洞窟に響く乙女たちの語らい。

それはダンジョン内とは思えない程朗らかで、優しく、長く響いた。

＊＊＊

「……長い」

温泉にワクワクしている仲間外れにされた約一名は、洞窟の地面をトントン叩《たた》きながら文句を言っていた。

エピローグ

《一魂集中》のクールタイムが終わり、体調も万全になった。

とりあえずキモラビくんをゲットしちゃったのは置いておいて（※アイテムボックスに封印中）、僕は周りに散乱しているドロップアイテムを拾って仕舞っておく。

「ふぅ。じゃあ次の階層に行こっか。一週間の間に三階層攻略は結構良《い》いペースなんじゃない？」

〈まだそのくらいしか経《た》ってないのか……〉

〈エグいくらい濃密な内容のせいで三ヵ月くらいは経ってると思ってたw〉

〈あと497層だな!!〉

〈数字に表すと絶望で草〉

〈一週間で三層だとして……165週経てば帰れるぞ！〉

〈ザッと四年くらいかかるじゃねぇかw〉

「えー、確実に留年しちゃうじゃん。できるだけ定期テストの前までには帰りたいんだけど」

学費を払ってもらってる身としては学校にはちゃんと通って卒業したいよね。親孝行的な？　まあ、ダンジョンで生きるか死ぬかの戦いしてる時点で親不孝者だけどね!!

〈帰りたい理由が留年かよ〉

〈言ったな？　お前脱出したらそのままの足で学校行けよ？〉

「え、別に良いけど……。どのみち事情説明のために行こうと思ってたし」

〈草〉

〈『脱出後のインタビュー』Q．今一番どこに行きたいですか？　A．学校です〉

〈それは草やわｗ〉

〈学生の鑑《かがみ》で草〉

知っての通りこのオツムだから、学校が好きってわけじゃないけども。最終学歴が高校中退なのは就職に影響しそうだから勘弁してほしい。

……ん？　でもダンジョンで得たアイテム類売ったら一生働かなくて良いお金入るよね。

「うーん、ダンジョン産のアイテム、全部寄付しようかなぁ……」

〈なんで!?〉

〈勿体《もったい》なｗ〉

〈どうした急に〉

「いや、ね？　そんな大金持ったって誰かに狙われるだけだし、働かなくなりそうだから良いかなって」

〈うぐっ〉

〈やめろそれは昼間からビール飲んでるワイらに効く〉

〈少なくとも労働に対する考え方はリスナーよりも世迷《よまい》に軍配が上がる模様〉

〈なん……だと〉

〈お前不労所得バンザイ！　とか嬉々《きき》として叫ぶ側だろ‼〉

あれなんかダメージ受けてる人がいる。

そりゃ昼間からビール飲んでる君らよりはマシだと思うんだ。というか僕のイメージがどんどん悪いものになってってくんだけど‼

「はいはい、ニートの君たちより僕の方がまともってことが証明されちゃったね！」

〈それはない〉

〈寝言は永眠してから言ってもらっても良いですか？〉

〈ニートをバカにするな。人様に迷惑かけないで家にいるだけ偉いんだぞ〉

〈まともとかｗｗｗ〉

〈この一週間の出来事をよく振り返ってもろて〉

〈世迷の振り見て我が振り肯定〉

「ちょっと待って、世迷の振り見て我が振り肯定は酷《ひど》くない⁉　いや、真似《まね》はしちゃダメだけど自己肯定感を僕で得ようとするのは酷い‼」

しかもちょっと語呂が良いのムカつく。

どんどん僕を罵倒する語彙増やしてくのやめてくれないかなぁ……。リスナーが僕に対する罵倒を洗練させればさせるだけ僕が常軌を逸した行動をする頻度が上がってく気がする。放っといても上がるけど。

〈草〉

〈天才パワーワードすぎるｗｗｗ〉

〈間違ってはいないな〉

〈人間下がいれば……って前もこんな話した気がするわｗ〉

〈そういえばコメントの迷コメント集と、世迷の迷言集がこの前バズってたな〉

〈外国用に複数言語の翻訳までされててすごかったなアレ……〉

〈あれやろ？　例の切り抜き師の新作だろ？〉

「僕の切り抜き師さん優秀すぎない？　そろそろ僕の痴態で稼いだお金で食べるご飯が美味《おい》しく感じる頃じゃないかな」

〈草〉

〈多分めっちゃうめぇと思う〉

〈あれだけでアドセンスどれくらい入るんだろうな……〉

〈初期の切り抜きとか数億再生されてるしな〉

「何か思った以上に僕がコンテンツ化されてる件」

まあ、国営放送くんが僕の配信を放送してる時点で手遅れだよね。国を挙げて何しとんねんとは思うけど。

国の真意は知らんけど、配信を広める分には好きにすれば良いと思う。

「ま、変わらず配信するだけだけど」

〈変わらない……成長しないということか〉

〈早いとこ世迷の言動に慣れないと〉

〈変われないだけ定期〉

〈変わる気がない定期〉

そうとも言う!!

結局は誰が何と言おうが、何が起ころうが僕は変わらない。というか……うん、リスナーの言う通り変われない。

だからこそ僕はありのままで、いつも通りに振る舞うんだ。

くよくよもせず、泣くこともなく、笑みを浮かべて——配信をする。

泣き顔なんて僕に似合わないしね。一定数僕を泣かせたいリスナーがいることは置いておいて。

少なくともそれが僕の人生。


——これが世迷言葉《ことは》だよ。


僕はニコリと微笑《ほほえ》んで次の階層へと飛んだ。

〈うわっ、笑い方怖っ〉

〈相変わらずやべぇ微笑みだな〉

〈お前だけ口角の作り違うん?〉

——ねえ!!

あとがき

皆様お久しぶりです。もしくははじめまして。恋狸《こいだぬき》です。

この度は『リスナーに騙されてダンジョンの最下層から脱出ＲＴＡすることになった』の二巻を手に取っていただき誠にありがとうございます。

本巻につきましても、いかに読者の皆様を笑わせることができるか、という題材に挑戦してまいりました。

その結果……一巻よりも世迷《よまい》がおかしくなったような気がします。

元々常人の思考をしていない主人公くんではありますが、話が進むに連れて作者ですら『どうしてこうなった？』という行動を引き起こしてくれます。

ある意味、私も読者さまと変わらない視点で世迷言葉《ことは》というキャラクターを楽しんで見ているような。そんな気がする二巻でした。

では謝辞を。

本作を出版するにあたって、一巻同様素晴らしいキャラクターを描いてくださった都月《とづき》梓《あずさ》先生、お世話になりました担当編集のＳさん。この場を借りて心から感謝を申し上げます。

またお会いできることを祈っております。

恋狸

Kラノベブックス

リスナーに騙《だま》されてダンジョンの最下層《さいかそう》から脱出《だっしゅつ》RTA《アールティーエー》することになった2

恋狸《こいだぬき》

2024年7月31日第1刷発行

発行者	森田浩章
発行所	株式会社 講談社 〒112-8001　東京都文京区音羽2-12-21
電　話	出版　(03)5395-3715 販売　(03)5395-3605 業務　(03)5395-3603
デザイン	モンマ蚕+タドコロユイ（ムシカゴグラフィクス）
本文データ制作	講談社デジタル製作
印刷所	株式会社KPSプロダクツ
製本所	株式会社フォーネット社

KODANSHA

ISBN978-4-06-535315-8　N.D.C.913　275p　19cm
定価はカバーに表示してあります

ファンレター、
作品のご感想を
お待ちしています。

あて先　〒112-8001　東京都文京区音羽2-12-21
(株) 講談社　ライトノベル出版部 気付
「恋狸先生」係
「都月梓先生」係

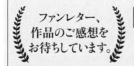